마음의 정원을 거닐다

마음의 정원을 거닐다

2014년 4월 30일 초판 1쇄 발행
2022년 3월 2일 초판 6쇄 발행

지은이 지안
발행인 박상근(至弘) • 편집인 류지호 • 편집이사 양동민
편집 이상근, 김재호, 양민호, 김소영, 권순범 • 디자인 쿠담디자인 • 제작 김명환
마케팅 김대현, 정승채, 이선호 • 관리 윤정안
펴낸 곳 불광출판사 (03150) 서울시 종로구 우정국로 45-13, 3층
　　　　대표전화 02) 420-3200 편집부 02) 420-3300 팩시밀리 02) 420-3400
　　　　출판등록 제300-2009-130호(1979. 10. 10.)

ISBN 978-89-7479-056-1 (03810)

값 12,000원

마음의 정원을 거닐다

지안 지음

불광출판사

산거무정山居無情 속에 살아온 세월이 40여 년이 되었다. 나는 20대에 출가하여 지금껏 산사에서 살아왔다. 명색이 수도자 신분이 되었지만 어떤 때는 내가 은둔 생활을 하는 것 같기도 하고 피난 생활을 하는 것 같기도 했다. 그것은 사는 방식이 세속과는 달랐기 때문이다.

나는 산이 무척 좋았다. 산속에 있는 나무나 바위 들이 좋았고 골짜기에 흐르는 물이 좋았다. 산봉우리에 떠 있는 구름과 산속에서 바라보는 밤하늘의 달이나 별들을 몹시 좋아하기도 했다. 이들은 기꺼이 나의 이야기 상대가 되어주었다.

나는 항상 내 생각 속의 산보를 즐겼다. 이것도 생각하고 저것도 생각하며 그야말로 마음 따라 생각 따라 사색의 공간을 오고 가는 자유를 즐겼다. 이러한 것을 나의 자연 생활이라고 여겨왔다. 어느덧 자연과 더불어 자연스럽게 사는 것이 좋다는 것을 알게 되고는 자부심을 느끼기도 했다.

그렇게 생각했던 것들을 나중에 곱씹어보기 위하여 가끔 적어두는 버릇을 익혔다. 덕분에 어느 날의 일기 속에 기록된 이야기 등 낙필落筆들이 모였다. 간혹 이것을 다시 읽어보면 유치하여 부끄럽기도 하고, 제법 옳은 생각을 한 적이 있었구나 하고 스스로 우쭐거리려는 기분이 들 때도 있었다.

산속 생활에 만족하며 지내던 어느 날, 생존 경기를 벌이고 있는 현대인을 응원하고 싶은 마음이 문득 들었다. 그 무엇으로부터도 자유로운 제삼자의 입장을 분명히 지키면서, 누군가의 승리나 패배를 바라는 대신 경기를 벌이는 양쪽 모두에게 박수를 보내며 응원하고 싶어진 것이다. 이 책은 그 마음의 집적체이다.

염려하는 것은 홍수처럼 범람하는 정보 사회의 간행물들 중에 이 낙필 모음이 자칫 공해가 되지 않을까 하는 점이다. 그러나 도회의 사람들에게 산속에 있는 맑은 공기와 물을 소개하는 의미가 있겠다는 마음으로 이 작업을 마쳤다.

책이 나오기까지 수고를 해준 관계자에게 고마움을 전한다.

2014년 4월 20일

통도사 반야암 지월당指月堂에서 지안志安

차
례

1장 일구기

4장 나누기

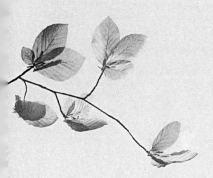

1

일
구
기

마음의 원그법

가끔 보지 말아야 할 것을 보았다는 생각과 듣지 말아야 할 것을 들었다는 생각이 일어날 때가 있다. 보고 들은 어떤 것이 마음을 언짢거나 안타깝게 할 때이다. 그럴 때는 보았던 것을 안 본 것으로, 들었던 것을 듣지 않은 것으로 되돌리고 싶은 마음이 간절하다. 오죽하면 중국 요나라 때의 허유는 들어서는 안 될 말을 들었다며 강물에 귀를 씻었을까.

매일 접하는 뉴스만 하더라도 그렇다. 부패와 비리에 연루된 각종 소식들을 언론 매체에서 접했을 때도 안 보고 안 들었으면 좋았을 걸 괜히 듣고 보았다는 자책심이 일어나니 말이다. 홍수처럼 터져 나오는 각종 보도들에 일일이 대응하지 말고 마음에 들지 않는 것은 못 보고 못 들은 체하고 지내면 그만이지 않느냐고 생각할 수도 있겠지만, 보고 들은 것이 어디 잘 걸러지던가.

사람은 누구나 자신만의 관점을 갖고 있다. 시력이 달라 눈에 보이는 공간 범위가 사람마다 다르듯 마음이 볼 수 있는 범위 역시 사람마다 조금씩 다른 법이다. 그래서 같은 것을 두고도 서로 다르게 본다. 만화경 속에 사물이 들어가면 원래 모습과는 다른 희한한 이미지가 만들어지듯, 같은 대상에 대해 서로 다른 관점들이 뒤엉켜 의견 대립이나 충돌이 일어나는 것이다. 때로는 남이 아닌 자기 자신과 갈등하여 힘들어지기도 한다. 한 사람 안에 존재하는 서로 다른 입장들이 서로 대립각을 세우기만 할 뿐 합의점을 도출할 뜻을 내지 않는 경우가 있기 때문이다.

이럴 때 나는 종종 카메라를 떠올리며 생각을 정리한다. 사진을 찍을 때 줌을 이용하여 적당한 구도를 만들어내듯 내 관점을 밀고 당기며 대상을 바라보는 가장 적절한 거리를 찾는 것이다. 멀리 보아야 할 것은 죽 밀어내서 보고 가까이 보아야 할 것은 바짝 당겨서 봐야 한다. 이게 잘 안 되면 자기만의 생각에 빠져 객관적 자세를 잃어버릴 수 있다. 멀리서 보면 괜찮을 일을 너무 접근해서 보기 때문에 마음이 상하여 불평과 불만이 커지는 수가 있으며, 가까이서 보면 분명히 알 수 있는 일을 너무 멀리서 본 탓에 본의 아니게 오해를 하는 수도 있는 것 같다.

사람의 마음에는 감정의 샘이 있다. 이 샘에서 희노애락의 감정 중 무엇이 솟아나는가를 결정하는 요소 가운데 중요한 것이 객관 경계에 마주쳐 일어나는 생각이다. 따라서 관점의 원근법으로 생각을 조절할 수 있다는 것은, 같은 방법으로 감정도 조절할 수 있다는 뜻이 된다. 관점을 밀고 당기며 적절한 거리를 찾으면 화나고 속상한 일이 달래지는 것이다.

멀리 보고 가까이 보는 것은 시공간 양면에 다 같이 적용된다. 대체로 시간적으로 길게 보고 공간적으로 멀리 보면 순간의 감정을 흘려보내고 마음의 평화를 이루는 데 매우 효과적이다. 멀리서 보면 아무리 뾰족하게 모가 나 있는 것도 둥글게 보이는 이치에 따라, 대상에 마주쳤을 때 감정을 자극받는 일이 줄어들기 때문이다. 그렇게 마음속에 일어나는 감정의 바람을 쉬게 하여 흔들리지 않는 고요한 마음이 되도록 할 수 있다.

프랑스의 르낭은 "별의 세계에서 지상의 사물을 관찰하라."는 말

을 남겼다. 때로는 별이나 달에 가서 인간 세상의 현실 문제를 생각
해보는 것이 어떨까? 마음속에 별 하나를 띄워두고 가끔 그곳에 다
녀올 일이다.

'심다'라는 말

며칠 전 반야암에 나무를 심었다. 상좌 신경이와 인경이 그리고 행자로 와 있는 안순이, 그리고 잠시 절에 머무는 상하 군, 그리고 구 처사와 나까지 모두 합쳐 여섯이 함께 오전 9시부터 오후 3시까지 나무를 심었다.

산다화, 금목서, 동백, 옥매화, 능수매화와 황금측백, 그리고 올여름 제법 큰 열매가 열릴 것으로 기대되는 우람한 모과나무 들을 수목원에서 가져와 심었다. 나는 나무 심을 자리를 정하고 나무 모양을 봐주는 감독 일만 했다. 삽과 괭이로 땅을 파고 묻는 작업은 다른 사람들이 했다.

나무를 심는 일만큼 내게 즐거움을 주는 일도 별로 없다. 굳이 댈 특별한 이유가 있는 건 아니다. 나무를 심는 일 자체가 그저 즐겁기만 한 것이다. 그래서 반야암을 짓고부터 지금까지 해마다 나무를 심어왔다. 그러다 보니 지금까지 구해다 심어놓은 나무가 50가지를 넘겨버렸다. 개중에는 야생화도 꽤나 있다.

어떤 이는 산에 자생하는 나무가 수없이 많은데 무슨 나무를 그렇게 자꾸 구해 와 심느냐고 핀잔 같은 말을 하기도 했다. 하지만 나무를 심는 것이 산림을 보강하는 데에만 의미가 있는 것은 아니다. 어느 시인의 말처럼, 나무를 심는 것은 꿈을 심는 일이요, 얼을 심는 일이다. 동시에 자연에 대한 사랑을 심는 일이요, 반대로 인간의 야망을 심는 일이기도 하다. 더불어 내 자신의 설움을 심어 땅 속에 감추는 일이기도 하다.

나는 '심다'라는 동사가 참 좋다. 어쩌면 나무를 그 동사의 목적어로 삼았을 때 그 말의 이미지가 가장 생생하게 그려져서 나무 심기를 내가 좋아하는지도 모르겠다. 인생은 모름지기 심는 것이 많아야 한다. 가슴에 사랑을 심어야 하고 은혜를 심어야 한다. 땅에 꽃씨를 심듯이 마음속 깊이 지혜와 자비의 씨앗을 심어야 한다. 불교에서는 보리수를 심는다는 말을 자주 한다. 부처님이 깨달음을 얻은 나무라 하여 '보리수'라 이름 붙여진 이 나무를 우리 마음의 땅에 심어야 한다고 말한다. 마음을 심지心地라 하여 땅에 비유하고 여기에 깨달음의 나무를 심으라는 것이다.

식물이 자라지 않는 땅이 황무지가 되듯이, 선근의 씨앗이 심어지지 않은 마음은 황폐해진다. 그런 마음을 가진 사람 역시 마찬가지로 황폐해지는 법이고. 그렇기 때문에 예로부터 심전경작心田耕作이라 하여 마음밭 농사를 잘 지으라고 했다. 풍부한 농산물을 수확하는 것이 농가의 본업인 것처럼 마음에서 자라난 것을 수확하는 것이 인생이라는 농사의 본업이다.

어쩌면 마음에 심는 씨앗은 책의 개요와 같다. 한 권의 책을 쓰기 전에 책의 뼈대가 되는 개요를 얼마나 잘 짜느냐에 따라 내용의 완성도가 좌우되듯, 마음에 어떤 씨앗들을 심느냐에 따라 앞으로 펼쳐질 인생이 결정되는 것이다. 과거 생부터 내가 심어온 업종자는 어찌할 수 없겠지만, 지금 심고 있는 종자 혹은 미래에 심을 종자를 선택할 권리는 상당 부분 나 자신에게 있음을 기억해야 할 것이다.

나무를 심고 꽃을 심고 씨앗을 심는 봄이다. 계절의 봄을 맞아 내 심지에 무엇이든지 좋은 뜻을 심으면 인생은 찬란한 봄의 싹을 틔울 것이다. 그렇게 되어 꽃이 피고 녹음이 우거지는 영광의 시절로 넘어가리라. 그러니 내일 지구의 종말이 오더라도 한 그루의 사과나무를 심겠다고 한 스피노자처럼, 결코 포기하지 말지어다.

냉장고 인간

날씨가 생활에 끼치는 영향이란 대단한 것이어서 사람들이 날씨에 쏟는 관심 역시 매우 높다. 오죽하면 하루에도 몇 번씩 TV에서 일기예보가 나오고, 인터넷 포털 사이트 메인 페이지에도 일기예보가 한눈에 보이도록 자리 잡고 있겠는가. 사람 사는 인연 가운데 기후의 인연이라는 게 참 묘하다. 생활 풍습이 기후에 따라 생겨나고, 신체 조건도 기후에 따라 다르니 말이다.

이 기후 조건이 세월 따라 변하는가 보다. 물론 하루아침에 변하는 건 아니지만 세월이 오래 가면 기후에도 조금씩 변화가 온다. 소위 이상기온이 자주 나타나고 한서寒暑의 주기적인 사이클도 바뀌는 현상이 나타난다. 60년대까지는 우리나라 겨울 날씨의 특징으로 삼한사온을 들었는데, 지금은 삼한사온을 말하는 사람이 거의 없는 것도 이러한 변화에서 온 것이다. 그런가 하면 지구온난화가 매우 심각한 문제를 낳아 지구촌 전역에 큰 재앙이 올지 모른다는 불길한 소식을 전해주는 소식도 매스컴에 자주 오른다. 북극의 빙하가 녹아 없어지면 생태계에 치명적인 위기가 오고, 바닷속으로 잠겨 없어질 땅이 많이 나올 것이라는 얘기도 나왔다. 실제로 바닷물의 온도가 올라가 동해의 어종이 바뀌었다는 얘기도 나왔다. 또한 근년에는 여름철 폭우가 잦아 막대한 수해를 입는 지역이 해마다 나왔다.

말하자면 지구촌의 땅과 바다가 신열身熱을 앓고 있는 셈이다. 사람의 체온이 적정선을 유지해야 되듯이 지구도 적정선의 온도를 유지해야 한다. 열이 난다는 것은 병증일 수밖에 없다. 지금 지구촌은 과열화 현상에 시달리고 있다. 에너지 과소비를 통해 발달된 문화와 문명이 소비 과열화를 촉발해 지구를 뜨겁게 달구고 있는 것이다.

그런데 여기에 반비례하는 현상이 있다. 과소비 현상이 나타나는 사회일수록 물질적 이해타산에 민감하여 사람들의 마음이 차가워지는 것이다. 참으로 아이러니한 이야기다. 좋은 옷을 입고 맛있는 음식을 먹으며 고급 주택에 사는 사람일수록 마음속의 온기가 약하고 부족하다니…. 현대인을 '냉장고 인간'이라고 부르는 건 지나친 처사일까?

식품 따위를 넣고 차가운 온도를 유지하여 부패를 방지하는 것이 냉장고이다. 물질적 이익을 위하여 냉정한 이성으로 일부러 마음의 온도를 낮추고 사는 현대인의 생리가 이런 냉장고와 다를 바 무언가. 프랑스의 석학 레비스트로스는 문명이 고도로 발달한 현대사회를 차가운 사회라 하고 원시시대를 뜨거운 사회라고 말한 바 있다. 뜨거운 사회와 차가운 사회로 대비시킨 것은 사람의 마음속에 들어 있는 온도를 두고 말한 것이다. 일설에는 지식이 많고 비판을 잘하는 사람일수록 이성적 냉기가 몸에서 나온다는 얘기도 있다.

사람의 마음에도 봄, 여름, 가을, 겨울의 기운이 들어 있다고 한다. 실제로 불교에서는 자연 현상의 모든 것이 근본적으로는 사람의 마음에서 나온다고 설명한다. 모든 것이 마음이 만들어내는 것이라는 일체유심조一切唯心造의 원리에서 하는 말이다. 만물이 생장하는 봄의 화창한 날씨처럼 마음이 그렇게 되어야 할 때가 있고, 뜨거운 여름처럼 정열에 넘치는 마음이 되어야 할 때도 있다. 물론 서늘한 가을이나 추운 겨울처럼 냉철한 판단으로 가차 없이 경계를 물리쳐야 할 때도 있다.

요컨대 사람의 마음 온도를 이상기후처럼 만들지 말자는 것이다. 마음의 문을 닫아놓고 자신의 이익만을 위하여 생각을 냉동시켜 얼어붙는 마음이 되게 해서는 안 된다. 이렇게 사는 것은 결코 잘 사는 게 아니다. 냉장고는 문을 열어놓으면 냉장이 안 되기 때문에 물건을 넣거나 꺼낼 때를 제외하고는 닫아두어야 한다. 그러나 사람 마음은 닫아두기만 하면 폐쇄증이 나타나 정상적 심리에서 벗어난 비정상적인 심리가 되기 십상이다. 석가모니 부처님은 마음 잘 쓰는 사람을 지혜로운 사람이라 하였고 마음 잘못 쓰는 사람을 어리석은 사람이라 했다. 마음을 잘 쓰려면 얼지 않는 마음이 되어야 한다.

어느 선사가 큰절의 주지 소임을 맡은 상좌에게 편지를 보내 대중을 잘 외호하는 비법을 일러주었다.

주지는 성품이 너무 엄하고 딱딱하여 사람을 대할 적에 찬바람이 난다. 그렇게 하면 대중이 멀어지기 쉽다. 봄기운과 같이 부드럽고, 봄바람과 같이 온화한 마음을 써야 대중의 분위기가 좋아지니 봄의 마음을 잘 쓰도록 하여야 한다.

대인춘풍對人春風이라 했다. 사람의 마음에 부드럽고 따뜻한 봄의 기운 같은 온도가 유지되어야 너와 나 사이가 좋아지는 법이다.

바보의 철학

'바보'라는 말을 국어사전에서 찾아보면 멍청하고 어리석은 사람을 얕잡아 일컫는 말이라고 풀이해놓았다. 이 말은 아마 자기 할 일을 제대로 챙기지 못하고 생각이 영민하지 못하여 눈치가 없는 사람들을 두고 하는 말일 것이다.

그런데 이 바보라는 말이 현대에 와서는 자기주장을 할 줄 모르고 사익私益을 챙길 줄 모르는 사람을 비웃는 말로 쓰임새가 바뀐 것처럼 생각될 때가 있다. 왜 그렇게 바보처럼 가만있느냐고 질책하면서 화를 내어 가까운 사람을 꾸짖는 경우를 자주 볼 수 있지 않은가. '바보처럼 굴지 마라.', '바보가 되어서는 안 된다.'는 자신을 타이르는 다짐이자 가까운 사람에게 건네는 조언의 제일성이라 할 수 있다. 사실 이 세상을 살면서 남으로부터 바보 취급을 당하고 사는 것이 좋은 일은 아니다. 그래선지 사람들은 모두 자신이 바보가 아니라는 것을 증명하기 위해서 무던히도 애를 쓰고 있는 것 같다.

만약에 누가 나를 보고 바보가 되라고 충고한다면 사람을 놀린다고 화를 낼지 모를 일이다. 그런데 시중에 『바보가 되거라』라는 책이 있다. 바로 통도사 극락암에서 주석하셨던 경봉 선사의 살아생전 법문을 모아 엮은 책이 그것이다. 바보가 되지 않기 위해 발버둥치며 살고 있는 세상에서 바보가 되라고 하다니…, 이것이 과연 옳은 가르침인지 묻고 싶은 사람도 있을 것이다.

바보가 되라는 가르침의 참뜻은, 본래의 순수 소박한 마음을 쓰지 못하고 거짓과 욕망의 가면을 쓴 채 살아가는 이 세상 사람들에게 본래의 마음을 회복하라는 권유이다. 또한 이 가르침은 자기주장만 내세우면서 남의 주장을 묵살하거나, 이기적 목적을 위해 남에게 피해를 주는 것보다는 차라리 바보가 되는 편이 낫다는 뜻도 담고 있다.

인생에서 때로는 이러한 바보의 철학이 필요하다. 바보의 철학에서는 자기주장을 내세울 일이 없다. 나는 아무것도 모르는 바보니까 이래라 저래라 할 일이 없다는 것, 이것이 바보 철학의 핵심이다. 손해를 보거나 남으로부터 무시를 당하여도 손해를 보는 줄도 모르고 무시당하는 줄도 모른다는 것이다.

또 바보이기 때문에 요강을 가지고 밥그릇으로 쓸 수가 있다. 그릇이 필요한데 적당한 그릇이 없을 때 깨끗한 요강을 밥그릇으로 쓰는 실천력은 바보이기 때문에 발휘할 수 있다. 이것이 바보 철학에 담긴 또 하나의 요지이다.

『요강도 때론 밥그릇이 됩니다』라는 책이 있다. 태국의 유명한 고승 아잔 차 스님의 강의를 요약해 엮은 책이다. 나는 이 책을 읽고 있는 중이다. 지식 사회라 불리는 현대 사회에서는 정보가 부족하면 바보 취급을 당하기 일쑤이다. 그러나 도道가 유식이나 무식과는 상관없다는 말처럼, 인생 그 자체는 지식 이전, 정보 이전의 그 무엇이다. 아무것도 몰라 선입견이 없는 바보가 인생의 본질에 다가서기는 더 유리한 조건에 있다는 뜻이다.

얼마 전에 들은 이야기이다. 어느 집에 나이가 많은 할머니가 한 분 있었다. 학교를 다녀본 적이 없는 이 할머니는 평생을 바보처럼 헌신과 봉사로 일생을 살아온 분이었다. 마음이 인자하여 누구에게나 어질게 대해주며 자기주장을 내세우는 일이 없었다. 때로 아들과 며느리로부터 냉대를 받는 일이 있어도 바보처럼 그것을 눈치채지도 못한 채 헌신적이고 희생적으로 묵묵히 자기 일만을 해온 분이었다. 손주들에게도 한결같이 자상하고 밝은 미소만 보내주는 할머니였다. 아는 것이 별로 없기 때문에 남을 탓하거나 나무랄 줄도 몰랐다. 모든 일을 언제나 좋은 쪽으로만 생각하고 사셨다. 손주들이 부리는 투정도 다 받아주면서 한 번도 야단을 쳐본 적이 없는 할머니였다.

어느 날, 이 할머니가 세상과 이별했다. 아들과 며느리는 담담하게 장례 준비에 임하고 있었다. 그런데 어린 손주들이 엉엉 울면서 울음을 그치지 않는 것이었다. 아이들의 울음소리가 너무 커서 시끄럽게 들릴 지경이었다. 부모가 겨우 달래 울음을 그치게 했는데 이번에는 아이들이 할머니가 쓰던 베개와 안경을 서로 갖겠다고 싸움을 벌였다. 그 모습을 본 아들은 그때 비로소 아이들의 할머니이자 자기 어머니의 인품을 바로 알고 자신의 불효를 뉘우쳤다 한다.

어린 손주들이 철이 없어 할머니의 유품을 먼저 가지려고 싸우

는 거라 여기지 말자. 이 아이들에게는 할머니의 사랑이 너무나 가
슴 깊이 남아 있어 할머니의 죽음이 더욱 슬펐던 것이다.

마음속 세 개의 밭

얼마 전에 어느 신도가 오랜만에 반야암을 찾았다. 그 신도는 30여 년 전 울산에서 불교청년회 활동을 하던 사람으로, 절을 매우 좋아해서 한때 스님이 되는 출가를 할까 망설이기도 했다. 결국엔 어떤 청년의 열렬한 사랑 호소에 시집가는 출가를 해버렸지만. 오십대 후반에 접어든 이 신도는 절에 와서 서른 살이 된 아들과 스물여덟 살이 된 딸의 결혼 걱정을 하는 평범한 어머니가 되어 있었다. 둘이서 그간의 안부를 물으며 잠시 이야기를 나누다 감동적인 사연 하나를 들었다.

이 신도는 구순이 넘는 친정 부모의 간병 시중을 11년 동안 해오고 있다고 말했다. 어머니는 일어서지도 앉지도 못하고 누워만 있는 환자이고, 아버지는 앉고 일어설 수는 있으나 몸을 잘 가누지 못하고 보행을 할 수 없는 분이라 했다. 이런 부모 곁을 11년이나 지키면서 수족 노릇을 해왔다는 이야기를 눈물을 글썽이며 내게 들려줬다. 그녀의 보기 드문 효심에 감탄하지 않을 도리가 없었다.

오빠도 여러 명 있고 언니 동생도 여러 명이 있음에도 자신이 간병을 도맡았는데, 그러기 위해서 운영하던 가게도 문을 닫았다 했다. 부모 모시기가 쉽지 않을 텐데 얼굴에 그늘 하나 보이지 않았다. 오히려 부모 모시는 일이 가장 좋은 팔자라고 생각한다 했다. 그러던 차 서울에 사는 언니가 내려와, 고생한다며 이틀만 어디 가서 쉬다 오라 하기에 절엘 찾아왔다 했다. 나는 참으로 복을 많이 짓고 산다며 위로 겸 칭찬의 말을 해주었다.

불교 경전에는 마음을 땅이나 밭에 비유한 '심지心地'니 '심전心田'이니 하는 말들이 자주 등장한다. 사람의 마음이 식물의 씨앗을 품으며 싹을 트게 해주는 땅과 같다는 뜻이다. 사람이 그때그때 일으키는 행위를 현재 일으키는 행동이라 하여 현행現行이라 하는데 이말과 상대되는 뜻을 가지고 있는 말이 '종자種子'이다. 흙 속에 묻혀 있던 씨앗에서 싹이 트는 것처럼 마음속에 들어 있던 종자에서 현재의 행동이 나온다고 한다.

재배하는 농작물의 이름을 따라 밭을 부르는 수가 있다. 가령 배추를 심었으면 '배추밭'이라 하고 고구마를 심었으면 '고구마밭'이라 한다. 콩을 심으면 '콩밭'이요, 보리를 심었으면 '보리밭', 밀을 심었으면 '밀밭'이다. 그럼 마음의 밭은 무어라 불러야 할까? 물론 업이 심겨 있으니 '업밭'이라 부를 수 있지만, 너무 삭막한 이름이라는 생각이 든다. 그보다는 복을 심고 기른다는 뜻에서 '복전福田'이라고 부르는 것이 더 아름다운 것 같다.

복전인 사람의 마음에는 세 개의 밭이 있다. 바로 '경전敬田'과 '은전恩田'과 '비전悲田'이다.

'경전'은 공경하는 마음을 내어 복을 짓는 것을 두고 하는 말이다. 삼보를 공경하거나 공경할 만한 사람을 공경하면 한량없는 복을 얻는다 했다. '은전'은 은혜를 베풀거나 갚으면 복이 지어진다는 뜻이다. 특히 은혜를 입고 은혜를 갚지 않으면 복이 줄어든다 하여 불교에서는 부모나 스승 등의 은혜를 갚을 것을 강조한다. 원한은 갚으려 하지 말고 은혜는 갚아야 한다고 부처님은 가르쳤다. '비전'은 가난하거나 어려운 처지에 있는 사람들을 돕고 연민의 정을 보내는 것을 말한다.

요즘에는 공경할 줄 모르고 은혜를 갚을 줄 모르고 남을 동정할 줄 모르는 비정한 마음을 가진 사람이 많아 보인다. 그렇게 마음이 메마른 사람이 늘어 사회도 황폐해진 것 같다. 인심이 메마른 사회에서 살기란 여간 팍팍한 일이 아니다. 그래서 나는 좀 더 살만한 세상을 만들기 위해서 사람마다 '복밭'을 일구는 노력을 해야 한다고 생각한다. 세 가지 밭을 잘 경작하는 것은 내 인생의 풍년을 기약하는 것이다. 이것이 잘 실천되면 거기에서 오는 수확이 복의 열매가 된다. 이기적 아만 때문에 이 세 가지 밭을 잃어서는 안 되며 사회적 활동의 공적도 이것의 실천 지수를 통해 나타나야 한다. 하루하루 생활 속에서 '세 가지의 밭'을 잘 가꾸며 사는 게 인생의 바른 자세이며 올바른 도리라 할 것이다.

결국엔 고향을 찾아

추석을 맞이하여 귀성 인파가 전국 고속도로를 꽉 메우고 있다는 뉴스를 보면서 잠시 고향에 대한 추억에 잠겨본다. 우리처럼 출가한 사람은 고향을 찾는 일이 별로 없지만 그렇다고 고향을 잊는 것은 아니다. 고향은 가슴속에 언제나 남아 있다.

고향이 있다는 것은 어떤 의미일까? 고향은 사람이 태어나서 처음 이 세상의 빛을 본 곳이다. 내가 이 세상과 인연을 맺은 최초의 자리가 고향이라는 말이다. 이 인연이 있었기에 우리는 세상과 계속 또 다른 인연을 맺어가며 이렇게 살아갈 수 있다. 자기 존재의 공간적 근본 배경이 되어준 고향. 그렇기에 고향의 은혜는 잊을 수가 없다. 우리가 외로움과 슬픔을 달랠 수 있는 건, 고향이 주는 포근함과 안정감이 있기 때문 아닐까?

그런데 고향에도 세 가지가 있다고 한다. 하나는 내가 태어난 곳이다. 명절에 찾아가는, 어릴 적 추억이 깃든 곳이다. 언덕이 그립고 산과 고개가 그립고 '남쪽 바다 파란 물'이 그리운 내가 태어난 아름다운 곳. 그렇게 고향은 누구에게나 아름다운 곳의 대명사이다.

이러한 지리적 공간 다음에는 천륜의 고향을 이야기하는데, 바로 나를 낳아준 부모를 일컫는다. 따라서 부모가 계신 곳은 어디든지 고향이다. 이 고향은 부모의 품과 같이 포근하고 편안하며, 이 고향을 떠올리면 늘 고마운 은혜가 함께 생각난다.

마지막으로 세 번째 고향은 영혼의 고향, 곧 이 세상 인연이 맺어지기 전의 시공을 초월해 있는 생명실상의 자리이다. 다시 말해 내 마음의 성품, 불성佛性, 내 마음의 정체라 할 수 있는 곳이다. 이 고향이 바로 불교에서 말하는 깨달음의 자리이다. 영원을 잉태하고 무한을 잉태한 진여眞如의 그 자리가 우리들 영혼의 고향이다.

『능엄경』에서는 중생이 나고 죽는 생사의 윤회를 고향을 떠난

'객지 생활'에 비유한다. 이 비유에 따르면 사람의 일생이란 여행자가 여로 중에 하루를 묵는 숙박과 같다. 집을 떠나 먼 곳으로 여행을 나간 사람이 이곳저곳을 다니다가 해가 져 밤이 되었을 때 여관 같은 곳에 들어가 하룻밤을 묵는 것은, 사람이 한 생애를 사는 것과 무척 닮아 있다. 여행자가 여행 경로를 따라가며 오늘은 여기서 묵고 내일은 저기서 묵는 모양새가, 사람이 이번 생에 살았다 다음 생에 살았다 하는 것과 흡사해 보이지 않는가? 윤회를 거듭하며 세세생생을 계속하는 것은 여행자가 객지 생활을 전전하는 것과 같다.

'가향로家鄕路'라는 말이 있다. '고향에 돌아가는 길'이란 뜻이다. 오랜 여행에 지친 여행자가 고향을 그리워하다가 결국엔 집으로 돌아가는 것처럼, 사람도 윤회의 고통에서 벗어나 해탈, 열반의 세계로 들어간다. 해탈, 열반의 세계로 가는 길, 이 길이 바로 고향길이다. 고향에 가도 고향이 그립고 가슴속에 영원한 향수를 간직하고 사는 건, 어쩌면 해탈, 열반으로 가는 고향길을 찾는 마음 때문인지도 모르겠다.

그렇기 때문에 사람은 언제나 고향을 생각하고 살아야 한다. 이 고향 생각이 나를 생각하고 너를 생각하는 생각의 샘물이다. 인생이란 결국 영혼의 고향으로 향하는 여로이다. 언제쯤 영혼의 고향에 도착할 수 있을까? 시의 부처라 불리던 왕유의 시를 읊조려본다.

그대가 고향에서 왔다니 君自故鄕來

고향의 일 잘 알고 있겠군요. 應知故鄕事

떠나오던 날 우리 집 비단 커튼 쳐진 창 앞에 來日綺窓前

추위 겪던 매화가 피었던가요. 寒梅着花未

산거무정

산수 좋은 산중생활을 하다 보면 자연스레 한가한 습성에 젖어 무사안일에 빠지는 경향이 있다. 물론 대중처소의 규칙적인 일과를 따라 움직이는 강원이나 선원에서의 생활은 개인적인 시간을 가질 여유가 별로 없기도 하지만 조용한 산사山寺의 분위기는 아무래도 한가한 여유가 느껴져 생활의 템포가 느린 것 같다.

은거의 습벽에 젖어 세월을 살다 보면 자신도 모르게 매사에 적극성이 결여되어 잔일 처리에 소홀해지는 수가 있다. 그리고 남과의 교류가 별반 없다 보니 다른 사람들의 일에 대한 관심도가 현저히 낮아지게 된다. 일전에 어쩌다 같이 공부하던 옛 도반의 안부가 생각나서 아무 스님의 근황을 알아보았다가, 이미 그 스님이 입적하여 사십구재가 끝난 뒤라는 사실과 마주한 적이 있다. 참으로 무정하게도 인사人事를 잊어버리고 세월을 망각해버렸다는 생각에 잠시 멈춰 있었다. 가끔은 꼭 회신을 해야 할 편지를 받고도 답을 할 때를 놓치기도 한다. 성의가 없어서라기보다는 어쩌다 보면 그만 그렇게 되어버린다.

맺고 끊는 데가 없이 어정쩡하게 일을 처리하는 태도는 어디에서 스며든 것일까? 혹 가부 판단의 흑백논리를 싫어하는 불교 교법의 특성이 생각에 잘못 이입되어 행동의 절도가 약해진 것은 아닐까? 색불이공色不異空 공불이색空不異色의 통분법적 사고방식이 무의식중에 훈습된 까닭에 일의 단서를 무심코 망각해버리는 것 같기도 하다.

그러나 산거山居는 확실히 무정無情이 좋다. 무정이라야 마음이 쉬어지는 걸 어떻게 하겠는가. 적어도 수도자는 마음이 쉬지 않고서는 도道를 얻지 못한다고 했다. "무정으로써 유정有情에 대하고, 무심으로써 유심有心에 대하라." 무정과 무심 속에 생활의 여백은 가득하다. 이 말 속에 숨어 있는 의미는 더더욱 높다.

우리가 사는 이 세계에 다섯 가지 '탁함'이 있다 하여 경전에서는 이 세계를 '오탁악세五濁惡世'라고 부른다. 전쟁의 공포와 질병의 위험, 기근 같은 갖가지 재액이 도사리고 있다 하여 '겁탁劫濁'이라 했고, 여러 가지 사상의 혼란 속에서 주의 주장이 다르며 올바른 가치를 상실한 사견이 난무한다 하여 '견탁見濁'이라 했다. 또 번뇌 때문에 심지가 흐려 있다 하여 '번뇌탁煩惱濁'이라 했고, 온갖 악업을 지어가며 사는 중생들의 몸과 감각이 탁하다 하여 '중생탁衆生濁'이라 했으며, 생명의 가치가 초개처럼 버려진다 하여 '명탁命濁'이라 했다.

그 누구도 자신이 속한 사회의 영향에서 자유로울 수 없다. 그렇지만 예방주사를 맞으면 병에 대한 저항력이 생겨나듯, 삶에 대한 성찰과 올바른 자기 확신을 세운다면 예토穢土(더러운 땅, 즉 사바세계)를 극복하고 정토淨土(깨끗한 세상)를 누릴 수 있다. 부처님은 이 사실을 연꽃에 비유하여 전하셨다. "여련화불착수如蓮花不着水 심청정초어피心淸淨超於彼"라, 비록 뻘에서 자라더라도 연꽃은 더러운 물에 젖지 않듯이 사람도 마음을 깨끗이 하면 사바의 오탁을 초월할 수 있다.

『원각경』에서도 한 마음이 청정하면 세계가 청정하다고 했다. 사람의 마음 하나가 이 세상의 결과를 결정한다. 선의 세계와 악의 세계, 정의의 세계와 불의의 세계 모두 마음에서 이루어진다. 마음에 의하여 지옥이 되고 마음에 의하여 극락이 되며, 나아가 인간의 행복과 불행도 마음이 만든다. 미혹과 깨달음도 마음에 의한 것이다. 땅에 넘어진 자 땅을 딛고 일어나듯이 중생은 마음을 깨달아 부처가 된다.

현실은 곧 마음이 그려낸 그림에 불과하다. 그런데 인간은 객관적 상황을 자기의 심리에 따라 다르게 인식한다. 이렇게 아집에 갇혀 자기 본위로 세상을 보기 때문에 세상을 잘못 보고 만다.

『백치의 달』이란 소설에 이런 이야기가 나온다. 어느 마을에 살던 두 바보가 있었다. 그중 한 바보는 해와 달을 반대로 알아 밤에 뜨는 것을 해라 하고 낮에 뜨는 것을 달이라 했다. 어느 날 밤에 두 바보가 들판을 지나다 달이 뜨는 것을 보고는 한 바보가 해가 뜬다고 소리를 질렀다. 다른 한 바보가 이 바보의 말을 듣고 핀잔을 주었다.

"야, 이 바보야, 밤에 뜨는 것은 달이고 낮에 뜨는 것이 해야."

그러나 앞에 말한 바보는 밤에 뜨는 것이 해라고 계속 우겼다. 두 바보가 서로 해다 달이다 하고 자기 말이 옳다고 우기고 있는 동안에 마침 건넛마을에 사는 또 다른 바보가 길 저쪽에서 다가왔다. 두 바보가 그에게 누구 말이 옳은지 물었다.

"여보오, 저 하늘에 뜬 게 해요 달이요?"

그랬더니 그가 말하길,

"나는 이 동네 살지 않아 모르오."라고 했다.

비슷한 맥락에서 불교 경전에는 이런 이야기가 나온다.

어느 섬에 원숭이들이 떼를 지어 사는데 모두 눈이 하나뿐인 원숭이였다. 어느 날 육지에 살던 두 눈을 가진 성한 원숭이가 우연히 섬에 건너가게 되었다. 섬의 원숭이들은 그 원숭이를 보고 병신이 왔다고 놀리면서 자기들과 같이 있으려면 한쪽 눈을 빼어 버리라고 했다.

사바의 속성인 오탁을 정화하는 것이 불교 수행이다. 이것은 생각을 맑게 하고 마음을 씻어 청정함을 회복하는 것이다. 마음이 잘못된 데서 악이 나오고 부정이 나오고 비도덕이 나온다. 현실이 잘못되어 있는 것은 누군가의 마음에서 잘못된 생각이 나온 탓이다.

"모르는 것을 모른다 하면 아는 것"이라는 공자의 말을 빌려 표현하면, '잘못된 것을 잘못되었다 하면 잘된 것'이다. 잘못된 것을 보고 잘못된 줄 알면 잘되도록 고칠 수 있기 때문이다. 그런데 지금 우리 사회에는 잘못된 것을 보고도 잘못된 줄 모르는 색맹증이 전염병처럼 퍼지고 있다. 그 결과 휴머니즘의 대의와 명분 또는 윤리의식을 못 느끼는 불감증 환자들이 많아졌다.

맹자는 성선설을 주장하면서 이런 예를 제시했다.

한 강도가 범죄를 저지르러 나가다가 우물 근처를 지나게 되었다. 그때 마침 갓난아기가 우물로 기어 와 자칫 우물에 빠질 위험한 상황이 일어났다. 강도는 아기의 안전을 생각하여 그 아기를 우물에서 떨어진 안전한 곳에 옮겨다 놓고 자기 길을 갔다. 아무리 흉악한 사람이더라도 갓난아기가 우물에 빠져 죽는 것을 그냥 지나칠 수 없다. 그에게도 아기의 생명을 염려하는 착한 마음이 있기 때문이다.

그러나 우리 시대에는 이런 상황에서도 못 본 척 그냥 지나갈 사람이 있지나 않을지 걱정된다. 바야흐로 도덕 불감증 시대의 도래, 순수한 인간애의 실종이 우려된다.

어떤 분의 집에 초상이 났다. 그 집의 호주였던 거사
님이 오랜 투병생활을 하다가 끝내 운명해버린 것
이었다. 부인이 독실한 불교신자였는데 어느 날 스
님을 찾아와서 눈물을 글썽이며 천도재를 의논하는 중에, 돌아간
남편에 대해 여러 가지 회상을 하다가 이런 말을 했다.

수족이 마비되어 거동을 못한 채 5년을 식물인간처럼 방안에 누
워 지냈는데 그새 간병의 고생도 이만저만이 아니어서, 처음에는 어
서 쾌차하기를 간절히 바라면서 정성껏 간호를 하다가 3년이 지나

도 일어나지 못하기에 못 일어날 바엔 차라리 어서 돌아갔으면 하는 생각도 들더라는 것이었다. 그런데 막상 돌아가고 보니 산송장처럼 있더라도 죽지는 말고 집에 있어주면 고맙겠다는 생각이 들었다 했다.

이 이야기를 들고서 '식구들이 있는 자리는 공간적으로 있는 것이 아니라 정신적으로 있는 것'이라는 생각을 했다. 사실 사람이 살아 차지하는 자리는 공간적인 자리가 아니다. 누가 어디에 있느냐 하는 지리적 장소보다는 한 사람의 존재가 정신적 지주가 되거나 사랑의 지주가 되어 주위의 의지처가 되어줄 때, 그 자리는 실로 우주의 공간보다도 더 큰 것이다.

그런데 오늘날 사람의 자리에 이상이 생기고 있다. 무슨 말인고 하면, 사람이 처한 자리에 존재의 의미가 분명히 살아나지 않는다는 말이다. 그것은 인간의 본분에서 벗어난 삶을 살아가는 경우가 늘고 있기 때문이다.

삶에는 많은 길이 있다. 어떤 길이든 이상적인 모습이 있기 마련인데, 요즘에는 그 모범들이 없어지고 있는 판국이다. 그에 따라 사람이 지켜야 하는 인간으로서의 위상이 실추되고 비인간화가 초래되었다. 이는 물론 과학문명의 발달 내지는 산업화나 기계화의 후유

중이라 할 수 있겠지만, 본질적으로는 인간이 자기 삶에 대한 참가치를 찾지 않기 때문이다.

더구나 우리 시대의 기술은 인간의 정체성을 위협하고 생명의 존엄성을 무시하는 반인륜적 장면을 서슴없이 연출한다. 배아복제가 시도되고 있으며, 별 거리낌 없이 배 속 아이의 생명을 빼앗는 일도 종종 발생한다. 유물론적 인생관에 사로잡힌 물신숭배와 도덕 윤리에 대한 불감증은 비인간화를 재촉하는 위험 요소인데도, 많은 사람들이 이 문제에 아예 무관심하거나 될 대로 되라는 식으로 내버려두는 실정이다. 사람들은 이렇게 인간을 소외하는 의식에 스스로 빠져 들어가, 이유도 모르는 채 남과의 경쟁의식에 사로잡혀 불안해하고 초조해한다. 인생의 주체가 누구인지 잊은 채 타인만을 의식하면서 타인지향적으로 살아간다.

남이 하는 식으로 모방만 하며 살아가려는 이 서글픈 현실 속에서 사람들은 더 이상 자기 인생의 고유성을 묻지 않는다. 삶의 근본적인 의미는 상실한 채 스포츠, 오락, 술, 섹스, 심지어 약물까지 탐닉하면서 자신을 포기하고 살아가는 것이다. 그렇게 인간 본연의 자리에서 이탈한다.

사람의 인격을 형성하는 것은 정신 자세, 달리 말하면 도덕적 자질이다. 인간의 정신이 위대한 것은 자기 절제와 금욕을 행할 수 있는 의지를 세울 수 있기 때문이다. 그 의지의 자리에서 수행은 시작된다. 인간성 회복은 수행으로 이루어진다. 수행하는 자세야말로 나를 나답게 하고 바르게 하는 것이다.

인간은 배우는 존재이다. 배워 익혀서 스스로 자기를 만들어가는 것이다. 무엇을 배우는가? 자기의 마음을 배운다. 그리하여 마음의 공덕을 알아낸다. 이렇게 될 때 내가 내 자리에 바로 앉을 수 있다.

뱀이 된 스님

옛날 금강산 만폭동 위에 돈도암이라는 암자가 있었다. 표훈사의 산내 암자로 백화암 동쪽에 위치하고 있었다 한다. 백화암은 서산 대사가 오래 머물렀던 곳(서산 스님 스스로 자신을 백화도인이라고 칭하기도 했음)으로 그곳에 서산 스님의 부도비가 남아 있다. 돈도암은 창건 연대나 창건주가 미상이나 일설에 따르면 신라 마지막 임금 경순왕의 아들 마의태자가 금강산에 들어간 후 태자비가 나중에 따라 들어가 비구니가 되어 살았다 한다. 그러니까 태자비가 돈도 비구니가 되었다는 말이다. 나는 이 이야기를 불화佛畵의 대가인 석정 스님으로부터 들었다.

일전에 석남사 신도 법회에 갔더니 그날이 마침 인홍 스님 기제일이라 석정 스님이 와 계셨다. 석정 스님이 해방 전에 금강산에 오래 사신 덕분인지 자연스럽게 금강산 이야기가 나와 여러 가지 이야기를 들을 수 있었다. 비로봉에 마의태자 능이 있다는 이야기와 법기 보살 이야기 등 이런저런 이야기를 선원장인 법희 스님 방에서 들었다.

그날 들은 이야기 가운데 우리 절집에 익히 알려진 홍도 스님 이야기도 있었다. 수행 정진을 잘하던 홍도 스님이 몸에 병을 얻어 지내던 어느 날이었다. 스님이 암자 밖에 있는 소나무 밑에 자리를 깔고 누워 있는데 갑자기 회오리바람이 불어와 자리를 날리며 솔방울을 떨어뜨렸다. 이 솔방울에 얼굴을 맞은 홍도 스님은 병으로 몸도 쇠약하고 신경이 무척 예민해진 터라 왈칵 화를 내었다. 누구 사람을 대하여 화를 낸 것이 아니라 스스로 부아가 나서 참지 못하고 화를 내었던 것이다. 그후 홍도 스님은 병이 악화되어 죽었다.

그후 돈도암의 부엌에 구렁이가 한 마리 나타났다. 공양주가 밥을 지으러 부엌에 들어갔을 때 이 구렁이가 꼬리에 물을 묻혀, 아궁이에서 끌어내 모아둔 재 위에 글을 쓰고 있었다. 개수통에 담겨 있는 물에 꼬리를 적셔 재 위에 쓴 글은 성낸 일을 후회하는 내용이었다.

다행히 부처님 법을 만나고 사람 몸을 받아서 다겁多劫을 수행
해 성불에 가까웠는데, 솔바람이 불어와 머리를 때리기에 한 번
화를 냈다가 뱀의 몸을 받았다오. 차라리 내 몸을 부수어 먼지
가루를 만들지언정 맹세코 평생을 단 한 번이라도 성을 내지 않
으리라. 내 옛적에 비구가 되어 이 암자에 살았는데 이제 이 꼴
이 되었으니 한스럽기 짝이 없소. 가사 단정하고 인물 좋은 사
람 모양 갖추어도 성내는 맘 끊지 못하면 이런 몸 받소. 바라노
니 스님들 발을 돌려 인간 세상 가거든 내 꼴을 말하여 뒤의 사
람들을 경계시키시오.

천당과 극락 그리고 지옥이 오직 사람 마음이 만드는 것이니 한
번 사람 몸 잃어버리면 다시 얻기 어렵고 화내는 마음을 끊어야
깨달음에 이르나니, 이 사정 말하고자 하나 말을 할 수 없어서
꼬리로 글을 써서 간곡한 뜻 전하노니 모두들 보고 베껴 써서
벽 위에 붙여두고 화가 나려 할 때 얼굴을 들어 이 글을 보시오.

"한 번 화를 냈다가 뱀의 몸을 받았다"는 글귀는 화내는 마음

을 경책하는 명언이 되어 자주 인용되고 있다. 화를 내는 것은 불화를 조성하는 근본이 되는 일이다. 걸핏하면 화를 잘 내는 성격의 소유자들이 있다. 그런 사람은 인욕바라밀을 닦아서 심덕心德을 크게 키워야 성숙된 인간성을 발휘할 수 있다. 『화엄경』「보현행품」에는 "화를 한 번 내면 100만 가지 장애가 생긴다." 했다.

중국 역사상 최고의 인욕군자로 알려진 누사덕 형제의 이야기가 있다. 누사덕은 천하의 인욕군자로 남에게 어떤 모욕을 당해도 화를 내거나 분해하는 일이 없었다. 그는 한 번도 남과 시비를 벌이거나 다투어본 적이 없는 사람이었다. 그에게 아우가 한 사람 있었는데 그도 형님 못지않게 인욕행을 잘하는 사람이었다. 이 아우가 변방 외지에 나가 근무해야 하는 작은 벼슬을 받은 적이 있었다. 그곳은 호족들의 텃세가 심하고 중앙권력의 힘이 잘 미치지 않아서, 그곳에 파견된 사람은 호족들의 등쌀에 밀려 낭패만 보고 쫓겨 오기 일쑤였다. 그래서 아무도 그곳에 가 근무하기를 달가워하지 않았다. 누사덕의 아우는 참는 데는 자신이 있었으므로 기꺼이 그곳으로 떠나고자 했다. 임지로 떠나기 전날 아우가 형 누사덕에게 송별인사를 드리러 갔다. 형인 누사덕이 말했다.

"자네는 부디 인욕행을 잘하여 현지 호족들과 마찰하는 일 없이 소임을 잘 수행하고 오도록 해야 할 것이네."

"형님 걱정하지 마십시오. 형님이나 저나 인욕에는 자신 있지 않습니까? 누가 욕을 하면서 내 얼굴에 침을 뱉어도 손바닥으로 문질러 침을 닦고는 아무 말 하지 않고 비켜 나오고 말겠습니다."

이 말을 형 누사덕이 듣고 다시 이렇게 충고를 했다.

"손바닥으로 침을 닦지 말고 그냥 나와야 하네. 욕하고 침 뱉은 사람 앞에서 침을 닦으면 한 번 더 침을 뱉을지 모르니까 말이네."

석가모니 부처님이 과거 오백세에 인욕선인으로 있었다는 이야기가 『금강경』에 나온다. 석가모니 부처님은 가리왕이 사지를 잘랐을 때도 원망하거나 성을 내지 않았다고 한다.

불교는 '나'라는 자아 관념에 묶이지 말라고 가르친다. 이른바 아상我相이라는 말은 자아에 집착하는 이기적인 고집을 두고 하는 말이다. 고집은 사람과의 갈등을 불러오는 무서운 것이다. 모든 증오의 마음이 고집에서 생긴다. 그리고 자기 고집대로 안 될 때 사람들은 화를 낸다. 때문에 자기와 타인이 모두 평화롭기 위해서는 고집을 자제하고 이를 통해 화를 누그려야 한다. 나중에 뱀이 되어 후회한들 소용이 없다.

세
상
이

보
이
는

원
리

하나의 상황을 두고 서로 상반된 견해는 얼마든지
나올 수 있다. 그런데 이게 문제가 되는 경우가 있
다. 바로 상반된 견해 가운데 어느 것이 옳은가를 가
려야 할 때다. 이럴 때는 부득이 어느 한쪽을 긍정하고 다른 쪽을
부정하는 입장을 취해야 한다. 물론 양비론을 내세우면서 제3의 입
장을 취할 수도 있다.

이러한 입장 선택은 처세와 관계가 있기도 하지만, 근본적으로
는 세상을 어떻게 보고 살아야 하는가에 대한 자신의 '관점 세우기'

의 문제이다. 어떤 관점을 세우느냐에 따라 한 사람의 인생이 좌우되므로 이는 매우 중요한 문제이다.

세상을 보는 관점은 사람의 사고방식에 따라 달라진다. 사람의 마음은 곧잘 이념적 성향에 빠지기 쉬운 약점도 가지고 있다. 마치 맹물에 설탕을 넣으면 단맛이 나고 소금을 넣으면 짠맛이 나는 것처럼 무심하던 마음에 외부에서 이입된 객관을 의식하는 감정이 생겨 주관에 물을 들이는 것이다. 그리하여 한 생각이 일어나면 그것이 의지가 되어 결심을 유도해내고 결심이 서면 행동이 따라 일어난다. 또 행동이 반복되면 습관이 생기고 습관이 생기면 성격이 만들어지며, 성격이 만들어지면 그 사람의 운명을 결정하기에까지 이른다. 때문에 생각을 어떻게 하고 세상을 어떻게 볼 것인가 하는 것이 인생을 그대로 만드는 것이다.

무학 대사와 조선 태조 이성계 사이에 있었다는 잘 알려진 일화가 있다. 태조의 스승인 무학 대사와 태조가 함께 도봉산 기슭을 산보한 적이 있었다. 궁궐을 벗어나 모처럼 야외 산보를 즐기던 중 왕이 농담을 걸었다.

"대사님은 스님이 되시길 참 잘했습니다. 만약에 스님이 마을에 있었다면 돼지 같이 생긴 스님의 얼굴을 보고 시집올 여자가 아무도 없었을 것입니다."

"내 얼굴이 돼지 같습니까? 그런데 전하의 얼굴은 언제나 부처님 얼굴 같습니다."

이에 태조가 멋쩍어하면서, 농으로 건넨 말인데 왜 스님은 자기 얼굴을 부처님 같다고 하느냐고 물었다. 이때 무학 대사가 한 말이 걸작이다.

"자기 마음이 돼지 같은 사람은 남의 얼굴이 돼지처럼 보이고 자기 마음이 부처님 같은 사람은 남의 얼굴이 부처님처럼 보이는 법입니다."

마음에 따라서 경계가 보인다는 유심법문의 대의를 담고 있는 말이다. 사실 '일체의 분별은 자기의 마음을 분별하는 것一切分別 分別自心'이란 말이 있다. 『대승기신론』에 나오는 이 구절은 사람이 객관 경계를 대할 때 마음에 투영된 그림자를 인식하는 것일 뿐 객관 자체를 인식하는 것이 아니란 말이다. 흔히 사람들은 객관의 사물이 고정된 모양이나 색채가 있다고 생각하지만 사실은 그렇지 않다. 왜냐하면 인연에 의하여 임시의 가상으로 나타난 일체 사물은 어느 것도 실체가 없기 때문이다.

물체의 모습이 보는 눈에 따라 달라진다는 것은 이미 과학자들이 증명한 사실이다. 예를 들면 사람의 눈에 보이는 물체의 모습과 파리의 눈에 보이는 물체의 모습은 서로 다르다. 모든 것은 업식業識에 의존하여 보여지므로, 인식의 내용은 업식이 어떠한가에 달려 있다는 뜻이다.

중국의 유명한 방거사는 죽을 때 임종게를 남기면서 "모든 것을 비어 있는 공으로 보라. 실체 없는 것을 실체가 있는 것인 줄로 착각하지 마라. 세상은 잘 살아야 한다. 세상은 그림자와 같고 메아리에 불과한 것이다."라고 했다. 세상을 바로 보고 살라고 마지막 임종 법문을 한 것이다.

불교 근본교리의 핵심이 되는 사성제 법문의 도성제에 팔정도가 수행의 지침으로 제시되어 있다. 팔정도 가운데 가장 중요한 것이 바른 견해를 세우는 것이다. 견해가 바로 서지 않으면 수행이 이루어지지 못하기 때문이다.

바른 견해를 세워正見 잊지 말고, 마음에 새겨正念 게으르지 않게 정진正精進하라. 일상의 생활 속에서 바른 생활을 영위하여正命 실수 없는 바른 행동正業 악의 없는 바른 말正語 을 하고 생각을 잘못하지 마라正思惟. 그리고 특별히 바른 선정正定을 닦아나가면 누구나 열반에 이를 수 있다.

이 팔정도는 만대의 모범이 되는 불교 실천 수행의 지표가 되는 것이다. 세상은 보는 대로 된다는 말이 있다. 시쳇말처럼 들릴지 모르지만 알고 보면 깊은 뜻이 숨어 있는 말이다. 세상은 믿는 대로 가고 아는 만큼 나타나는 법이다.

초기불교에서는 부처님이 이 세상의 무상함을 자주 말씀하신다. 세상은 덧없는 것이고 괴로운 것이다. 인생도 물론 마찬가지다. 초기불교에서 이러한 교리를 바탕으로 현실을 직시하도록 사람들을 이끌었다면, 대승불교에 들어와서는 모든 것을 마음으로 거두어들여 놓고 생각한다. 세상의 일이란 결국 마음 안에서 일어나는 일이라는 관점이다. 마음은 얼마든지 경계를 이길 수 있다. 마음 안에서는 무상도 극복될 수 있고 괴로움도 극복될 수 있다. 마음이 어떻게 되어 있느냐가 모든 것을 좌지우지한다. 만약에 마음에 부처를 보는 눈이 있으면 세상은 모두 부처님 세계로 보이게 된다. 무학 대사의 말은 바로 이를 뜻한다.

세상을 어떻게 보고 살까? 불교에서는 이 세상을 부처의 세계로 보자고 한다. 비록 오탁악세의 오염이 만연하고 번뇌가 뒤끓고 있는 중생 세계이긴 하지만 이 중생 세계를 떠나서 부처님 세계가 따로 없다는 것이다. 알고 보면, 깨닫고 보면 중생이 부처이니 중생이 사는 세계가 그대로 부처님 세계라는 것, 그러므로 부처를 자각하는 마음으로 살면서 이 세상을 아름답고 긍정적으로 보고 남의 마음을 편하게 해주자는 것이 불교이다. 그래서일까? 『법화경』에서 상불경 보살은 사람을 만날 때마다 이렇게 인사를 한다.

나는 당신을 존경합니다. 당신은 언젠가 부처가 되실 분이기 때문입니다.

깨울 수 없는 사람

생각에는 세 가지 유형이 있다.

첫째는 감각에 따라 일어나는 생각이다. 눈이 보고, 귀가 듣고, 코가 맡고, 혀가 맛보고, 몸이 느끼고, 의식이 감지하는 객관 경계에 대한 감각들에 따르는 생각이 바로 그것이다. 이를 현량現量이라고 한다. 이 생각들은 빨간 것은 빨갛다고 하고 푸른 것은 푸르다고 하는 식으로 단순하고 표층적이다.

둘째는 알고 있는 바를 바탕으로 무언가를 미루어 아는 생각이다. 이를 비량比量이라 하는데, 비량은 부분적이고 간접적인 것을 근거 삼아 임의로 사고를 넓힐 때 일어나며, 다소 심층적이다. 예를 들면 담장 너머로 보이는 쇠뿔만 보고 소가 있다고 미루어 짐작하는 것이 그러하다. 일반적으로 우리는 어떤 객관적 상황을 인식할 때 현량과 비량으로 생각을 일으켜 판단을 한다.

셋째는 남의 말을 무조건 믿는 생각이다. 스스로 판단할 수 없는 것이 있을 때 누군가의 견해를 전적으로 신뢰하면서 자기의 생각을 결정하는 경우가 그러하다. 불교에서는 부처님 말씀을 전적으로 믿고 그대로 생각하는 것을 불언량佛言量이라 한다. 부처님 말씀이니까 그대로 믿고 그대로 받아들인다는 뜻이다. 이 경우에 반드시 전제되어야 하는 게 있는데, 바로 믿음이다. 말하자면, 세 번째 생각은 믿음 속에서 일어나는 생각인 것이다.

우리는 이러한 세 가지 생각을 바탕으로 해서 자신의 관점을 만들어간다. 그런데 이 세 가지 유형의 생각이 모두 틀리는 수가 있다. 다시 말해 생각이 사실과 일치되지 않는 경우가 있다. 어떤 착각 속에서 생각이 일어나는 경우가 그러하다. 예를 들어 길을 가다가 길가 풀숲에 버려진 새끼줄 토막을 보고 뱀이라고 착각한다든지, 계곡에서 피어오른 물안개를 연기로 착각해 불이 났다고 생각하는 경우처럼 말이다.

이러한 착각이야 누구나 할 수 있는 일이다. 그리고 착각이 착각에서 그친다면 그나마 괜찮을 수도 있다. 그런데 착각에서 출발해 거짓으로 고착되는 사례가 심심치 않게 발생한다. 새끼줄인 줄 알면서도 뱀이라 말하고, 물안개임을 알고도 불이 났다고 끝까지 우기는 사람이 있다는 얘기다. 그런 사람은 때로는 엉뚱한 자존심이나 체면을 지키기 위하여 자기가 틀렸다는 것을 인정하지 않기도 하고, 때로는 남을 속이기 위해 부러 계속 거짓을 고수하기도 한다.

마음은 생각을 담는 그릇이다. 이 그릇에 어떤 생각을 담느냐는 개인의 자유이다. 하지만 명심할 것은, 옳지 못한 생각을 옳은 생각으로 여기고 계속 마음에 담아두는 사람이 있다면, 그 사람의 마음은 결국에 독을 담는 그릇이 되고 만다는 사실이다. 물론 사람의 마음에는 욕심과 성냄, 어리석음이라는 세 가지 독소가 들어 있다. 하지만 이 세 가지 독소는 수행을 통해 마음에서 빼낼 수 있다. 생각을 바르게 하는 데서 수행이 시작되기 때문이다.

우리는 혼자가 아니므로 착각에 빠진 나를 도와줄 누군가가 늘 옆에 있기 마련이다. 그들의 도움을 받는다면 마음에서 독소를 빼내는 일이 불가능한 것만은 아니다. 그렇다고 모든 사람이 그렇게 할 수 있는 것은 아니다. 진짜로 잠든 사람은 깨워줄 수 있지만, 남을 속이기 위해 자지 않으면서 자는 척하는 사람은 깨워줄 수가 없기 때문이다. 그런 사람은 남을 속이려다 십중팔구 결국 자기 자신까지 속이는 늪에 빠지고 만다. 만약 이 글을 읽는 누군가가 그렇게 하고 있다면 지금이라도 당장 그만두어야 할 것이다.

2

기
르
기

나무를 흔드는 바람

단풍 든 나뭇잎이 살며시 한 잎 두 잎 떨어지다가 바람이 훑고 지나갔는지 우수수 떨어진다. 이번 가을 들어 벌써 여러 번 본 풍경이다. 나뭇잎 떨어지는 모습을 보면 갑자기 산이 쓸쓸하게 느껴질 때가 있다. 바람에 떨어져 뒹구는 낙엽을 보면 일몰을 볼 때처럼 공연히 세월 가는 것이 원망스러워지는 마음이 되더란 말이다. 세월은 무심히 오고 가지만 이 세월 속에 사람은 정한을 품고 산다.

얼마 전 축담 밑에 심어둔 장미가 철 늦은 꽃 한 송이를 피웠다.

너무나 선명하게 핀 하얀 백장미였다. 무심히 꽃을 바라보다가 '뜻밖의 흰 꽃을 보면 친가의 부음이 들려온다. 상주가 된다고 하던데…' 하는 생각이 들면서, 몸이 몹시 불편하다던 속가 노모의 안부가 궁금해졌다.

속가의 노모는 나를 이 세상에서 가장 무정한 자식이라고 했다. 그래도 중이 된 아들의 체면을 생각해주었는지 이 세상에서 가장 불효막심한 놈이라고 괘씸해하지는 않았다. 그저 무정한 자식이라고 두고두고 탄식을 했다는 걸 나는 잘 알고 있다. 35년간 중노릇을 하면서 노모를 만난 횟수는 한 손의 손가락이 겨우 찰 정도에 불과했다. 어쩌다가 뵐 때도 중이란 핑계로 인사에 인색하곤 했다.

이튿날 승가고시 산림에 강의가 있어 직지사에 가 있었는데 상좌 인해로부터 속가 노보살이 별세했다는 전화가 왔다고 무연 수좌가 알려주었다. 순간 '드디어 슬픈 인연이 왔구나. 참회기도를 해야겠다.'는 생각이 머리를 스치고 지나갔다. 이후 며칠간은 남모르는 회한을 되뇌며 우울한 상념에 사로잡혀 있었다.

어쩌다가 못난 아들을 낳아 효도 한 번 받아보지 못하고 평생 가슴에 한을 담고 살아온 노모의 인생이었다. 그러한 노모의 애처로운 모성이 무정한 출가사문에게는 너무나 부담스럽고 거추장스러웠다. 불효를 저지르고 있다는 자탄도 한없이 했지만, 천륜이니 혈연이니 하는 것은 슬픔의 얼룩밖에 남기지 않는다고 생각하기도 했다. 인연에도 건강한 인연과 그렇지 않은 인연이 있다고 했는데, 서로에게 아픔과 슬픔을 남겨주는 인연이라면 천륜도 병이 들어 건강을 잃은 것일까?

장례식에도 참석하지 못한 죄책감 같은 회한도 남아 있고 아우들 보기에도 체면이 서지 않아 사십구재를 붙였다. 명색에 암자의 주인처럼 사는 처지이지 않은가. 하지만 막상 재를 시작하고 보니 도중에 반야학당이나 경전교실의 멤버들에게 미안한 것이 한두 가지가 아니고 폐 끼치는 것도 참으로 많았다. 무어라 고마움을 표할 길이 없어 감사한 인연에 그저 합장을 거듭했다.

부모의 상喪이라는 것이 자식에게는 천형天刑과도 같은 것이다. 그러나 가장 지중한 부모 자식의 인연 속에 어찌 천형이 있어야 하겠는가? 떠난 뒤의 초상을 바라보고 차라리 슬픈 인연의 아름다운 회상을 그림으로 그려 먼 하늘가에 걸어두고 싶다. 중이 되어 사는 신세의 안타까움이 세속적 인연의 상처로 남는 것을 다시 한 번 느낀다. 생각 끝에 조선 중기의 진묵 대사가 모친이 돌아간 뒤 손수 지어 올린 제문이 떠올랐다.

만세에 만세를 더 살더라도 자식의 마음에는 오히려 차지 않는데 백년 안에서 백년도 다 채우지 못하시니 어머니의 명이 어찌 그리도 짧습니까?

24년 전에는 부친이 별세했다. 그때는 큰절의 풋내기 강주 시절이었다. 부자간의 억울했던 사연을 가슴에 안고 회한의 눈물을 소리 없이 흘리며 조석 예불 시 참회진언과 함께 망축을 드리며 49일간 기도를 했다. 그렇게 위패 모시지 않는 재를 혼자의 기도로 봉행한 참회재는 부처님에 대한 신앙을 가슴 구석구석 깊이 깔아주었다. 하나의 슬픔이 한 사람의 정신을 성숙하게 하는 힘이 된다는 사실을 그때 알았다. 어떤 이가 시에서 "갈증을 목 축이는 한 방울 이슬 같은 인연을 생각하면 눈물이 난다."고 했던가? 이슬 같은 인연이라… 그렇다! 돌아가고 나서 생각해보면 살아생전의 인연이 모두 이슬 같다. 이 이슬 같은 인연이 마음속에 후회의 빗방울을 떨어뜨린다.

나무는 고요히 있고자 하나 바람이 그치지를 않고 樹欲靜而風不止
자식이 효도해 봉양하고자 하나 부모는 이미 떠나버렸구나.

子欲養而親不待

자신이 원망스러운 것인데 괜히 나무를 흔드는 바람이 원망스럽다. 하나씩 떨어지는 잎을 바람은 왜 그냥 두지 못하고 한 숨에 떨어지게 하는가? 잘 가지 않던 고향, 전화번호도 모르고 지낸 속가이지만 한쪽 부모라도 고향에 부모가 있다는 것과 돌아가고 없다는 것이 하늘과 땅 차다. 퐁퐁퐁 맑은 물이 솟아나던 샘이 갑자기 말라버린 것처럼 가슴이 휑하니 물기 하나 없다. 재를 올리며 다시 참회의 진언을 외운다.

생각 속을 걷다

바야흐로 녹음이 짙어가는 초여름, 산색이 싱그럽
기 그지없는 계절이 되었다. 산에 살다 보면 계절의
서정이 피부로 느껴질 때가 많다. 춘하추동 사계를
산에서만큼 확연하게 느낄 수 있을까. 계절은 산을 오르기도 하고
내려가기도 하는데, 봄은 산 아래부터 등성이를 타고 위로 올라오
고 가을은 산 위에서 등성이를 타고 아래로 내려간다. 또 산은 예
로부터 수도자들의 산실이기도 했다. 산에 가서 살면 저절로 수양
이 되어 산의 공기처럼 인생을 맑게 살 수 있다.

기르기

요즈음 나는 건강을 위하여 매일같이 산보를 한다. 당뇨를 주의하라는 경고를 받은 탓이다. 이 길 저 길을 걷다가 마음에 쏙 드는 산책로를 발견했다. 우람한 소나무와 잡목이 우거진 한적한 길인데 왕복 팔구백 미터 정도 된다. 어떤 날은 그 길을 한 번만 왕복하고 또 어떤 날에는 두세 번 걷기도 하지만, 이따금씩 게으름이 고개를 들면 길에 나서지 않는 날도 있다. 처음 걷기를 시작했을 때는 별다른 생각 없이 머리를 식힌다는 기분으로 거닐다가 나중에는 걷기 명상을 해볼까 하는 마음도 가져보았지만, 이제는 아무거나 생각나면 그것을 좀 더 깊이 생각해보자는 쪽으로 가닥을 잡고 산보를 한다.

참으로 묘한 일이다. 생각이 생활이 되고 삶이 된다는 사실 말이다. 의식주 같은 물질적 조건이 삶에 끼치는 영향이 대단하기는 하지만, 내 보기에 사람은 누구나 생각으로 존재한다. 생각이 없으면 나는 없는 것이다. 사람은 생각을 실어 나르는 배달부이고, 생각을 옷으로 만들어 입고 다니는 패션 디자이너이자, 생각을 현실로 만드는 농부이다. 생각 속에 없는 것은 그것이 사람이든 사물이든 아무 의미가 없다. 결국 인간은 생각의 연장으로 살아간다.

숲속을 거닐면서 나는 많은 생각을 한다. 산을 보고 물소리를 듣는 즐거움을 느끼면서 생각나는 대로 이것저것 자유롭게 생각해본다. 계절에 따라 달라지는 경치를 보면서 하늘의 구름을 생각해보기도 하고, 두견새나 뻐꾸기 또는 딱따구리의 울음소리를 듣고 새소리를 생각할 때도 있다. 가끔 바위나 쓰러진 나무 등걸에 앉아 멀리 떨어져 사는 사람들도 생각해본다. 항상 고맙게 생각하고 있는 사람들의 안부도 궁금해하고, 건강이 좋지 않다는 소문이 언뜻 들리는 이의 쾌차를 마음으로 빌어줄 때도 있다. 가끔은 누구를 생각하다가 언짢아지기도 하고 가끔은 누구를 생각하다가 미소를 짓기도 한다.

생각만큼 좋은 것이 어디 있는가? 그야말로 생각은 내 자유다. 생각은 남에게 드러나지 않기 때문에 눈치를 보거나 구애를 받을 일이 없다. 산보가 더없이 좋은 건 아무도 없는 데서 혼자 무한한 자유를 느끼면서 생각을 할 수 있기 때문이다. 오늘도 숲속을 거닐며 사색의 구름다리를 만들어본다. 그 다리 위를 지나며 나는 조용히 물속으로 가라앉는 돌처럼 생각 속으로 가라앉는다.

연꽃 예찬

통도사 안양암 뒤의 연밭에 가서 한참이나 연꽃을 감상한다. 다른 꽃을 볼 때와는 달리 연꽃을 볼 때면 유독 사색에 빠지곤 한다.

불교에서는 연꽃을 부처님 법을 상징하는 꽃으로 이해한다. 처염상정處染常淨, 즉 더러운 곳에 머물면서도 늘 깨끗함을 잃지 않는다 하여 사람 마음이 본래 청정한 것을 연꽃에 비유하곤 한다. 연꽃은 산간 벽계수 같은 맑은 물이 아닌 진흙탕에서 피어난다. 그렇지만 늘 순수하고 고아한 모양을 잃지 않는다. 연꽃이 더러움에 물들지 않는 것처럼 어디에도 오염될 수 없는 본래 청정한 마음인 불성佛性을 사람이라면 누구나 갖고 있다. 『화엄경』에서 한 구절을 인용해 본다.

연꽃이 물에 젖지 않는 것처럼 如蓮花不着水

마음은 청정하여 모든 것을 초월하여 있다. 心淸淨超於彼

송나라 때 주돈이는 『애련설愛蓮說』을 지어 "진흙에서 자라되 더러움에 물들지 않고, 출렁이는 물에 맑게 씻겼으나 요염하지 않고, 속은 비었고 밖은 곧으며, 덩굴이 뻗지 않고 가지를 치지 아니하며, 향기는 멀수록 맑고, 꼿꼿하고 깨끗하게 서 있어 멀리서 바라볼 수는 있으나 함부로 가지고 놀 수 없다."고 연꽃의 덕을 찬탄하면서, 그래서 자신은 연꽃을 사랑한다고 했다. 또 그는 도연명이 사랑한 국화는 속세를 피해 사는 은둔을 상징하는 꽃이며 모란은 꽃 중에서 부귀를 상징하지만, 연꽃은 꽃 중에서 군자다운 꽃이라 했다.

산속에 있는 묵은 논에 연을 심어 조성한 1000평이 넘는 연밭 위로 바람이 지나간다. 연꽃이 흔들리며 빚어내는 풍경이 가히 일품이다. 순백한 꽃잎과 연 이파리들이 일제히 장엄한 군무를 추었다. 연꽃은 역시 연밭에서라야 제대로 감상할 수 있다. 연꽃이 숲을 이루었을 때 그윽한 연의 향취가 깊이 느껴진다.

카메라를 가지고 가 사진을 찍으며 못 둑에 서서 바람에 하늘거리는 꽃과 잎들을 바라보다가 예전에 외워두었던 시 한 편이 떠올랐다. 미당 서정주의 「연꽃 만나고 가는 바람 같이」라는 시다. 중간에 까먹은 구절이 생각나지 않아 애를 먹다가 겨우 생각해냈다.

섭섭하게,
그러나
아조 섭섭치는 말고
조금 섭섭한듯만 하게,

이별이게,
그러나
아주 영 이별은 말고
어디 내생에서라도
다시 만나기로 하는 이별이게,

———

연꽃

만나러 가는

바람이 아니라.

만나고 가는 바람 같이⋯

엊그제

만나고 가는 바람 아니라.

한두 철 전

만나고 가는 바람같이⋯

  시를 읊조리다가 바람같이 사라져 떠나가는 것이 이 세상 무상
의 이치이지만, 그 무상 속에 돌아오는 회귀의 인연이 있음을 생
각해보았다. 왔다가 가고 갔다가 오는 것, 이것이 무심 속에 이루
어지리라. 그래서 천지만물은 윤회 속에서 존재하고 있는 것이다.

잊지 않아도 잊는 것

산속에서 지내기 가장 좋은 계절은 여름이다. 계곡
에 흐르는 물과 짙은 녹음의 싱싱함을 바라보기만
해도 더위가 가신다. 그래도 여름보다는 봄과 가을
이 좋지 않으냐고 반문하는 이가 있을지도 모른다. 자연의 맛이야
그럴지도 모르지만 내가 봄가을보다 여름을 선호하는 것은, 한더
위가 계속될 무렵에는 산에 인적이 드물어 산속의 고요를 더 즐길
수 있어서이다.

공산무인空山無人이라 했던가. 인파가 밀려든 산은 산의 맛을 즐기

기에 제격이 아니다. 산에 오른 사람들이 '야호, 야호' 하도 질러대는 통에 산도 신경이 날카로워져 있을 것이다. 산은 원래 말 없는 것을 좋아하기 때문에 때로는 바람소리 물소리가 크게 들리는 것도 싫어한다. 밤의 정적을 깨는 짐승 울음소리나 여름의 매미 소리를 떠올리며 이 말에 의문을 품는 이에게는 이렇게 말하고 싶다. 짐승 울음소리는 산의 고요를 깨나 분위기는 해치지 않으며, 매미는 고요보다는 더위를 깨뜨리는 여름의 전령사라고.

수년 전에 중국으로 답사를 간 적이 있었다. 신라나 고려 시대에 우리나라 스님들이 머물던 선종 사찰을 답사하는 여행이었다. 그때 우연히 어느 사찰 근처에 있는 기념품 가게에서 붓으로 쓴 글씨를 표구한 족자가 눈에 띄어 구입했다. 가게 주인은 그 글씨가 중국에서 제법 이름난 서예가의 것이라며 값을 꽤 비싸게 쳐달라 했다. 주저하다가 보시하는 셈 치고 사 가지고 왔는데 지금도 은해사의 내 방에 걸려 있다. 족자에는 대구對句로 되어 있는 오언절구가 적혀 있다. 용등해랑고龍騰海浪高 선조임유정蟬噪林逾靜, '용이 오르니 바다 물결이 높고 매미가 우니 숲이 더욱 고요하다'라고 풀이된다.

이후로 매미 소리를 들을 때마다 뒤의 구절을 음미하는 습관이 생겼다. 큰 소리를 두고 조용하다고 하는 건 얼핏 모순처럼 들리겠지만, 한더위 속 여름 정서에 매미 소리는 시끄럽게 들리지 않는다. 그보다는 여름 숲을 더욱 깊이 느낄 수 있도록 유인하는 매체로 기능한다. 그렇게 짙푸른 녹음 속에 긴긴 여름날의 전체 분위기는 매미 소리 하나로 더욱 살아나고, 산은 깊어지며 숲은 고요해진다.

흔히 정중동靜中動이니 동중정動中靜이니 한다. 고요함 속에 움직임이 있고 움직임 속에 고요함이 있다는 뜻으로 사물의 본체와 작용을 동시에 드러내는 말이다. 상대적 차별 경계에 있는 두 가지 상황을 하나로 일치시켜 전체의 묘妙를 살리는 뜻이 이 말에 담겨 있다. 중도로 회통하는 본질적 이치는 어느 한쪽의 극단에 치우쳐서는 얻어지지 않는다.

옛날 어느 선사에게 어떤 사람이 물었다.

"날씨가 이렇게 더운데 어떻게 하면 더위를 이길 수 있습니까?"

선사의 대답은 이랬다.

"벌겋게 달아 있는 난로 속으로 들어가면 될 게야."

추우면 따뜻한 곳을 찾고 더우면 시원한 곳을 찾는 게 인지상정인데 더워 죽겠다는 사람에게 불을 활활 지펴 벌겋게 달아 있는 난로 속으로 들어가라니, 피서법 치고는 엉뚱하기 그지없다. 그러나 격외담格外談으로 통하는 선의 경지에서는 오히려 이것이 상식이 된다. 물론 30도의 더위도 못 이기는 사람이 어떻게 40도의 더위를 감당하겠는가 하고 이론을 다는 이도 있겠지만, 더 큰 더위를 감당할 수 있는 힘이 있다면 작은 더위쯤은 수월하게 넘길 수 있는 법이다.

마음을 크게 먹는다는 말이 있다. 불행한 일을 당한 사람을 위로할 때도 마음 크게 먹으라고 말한다. 사실 마음을 크게 먹고 살면 괴로움과 슬픔을 이겨낼 수 있다. 또 우리의 본래 마음은 모든 것을 이기는 마음이다. 왜냐하면 우리의 본래 마음에는 아무런 감정이 없기 때문이다. 다시 말해 우리의 본래 마음은 생각에 사로잡혀 있는 번뇌나 망상의 마음이 아니었다는 말이다. 우리의 본래 마음은 무심했고 아무렇지도 않았다. 이 마음으로 돌아가 살라는 것이 부처님 가르침이고 선 수행의 가르침이다. 하기야 정情과 의誼에 따라 사는 사람의 마음이 어떻게 아무렇지 않은 무심이 될 수 있으랴만, 그렇더라도 마음의 병을 이기게 하는 것은 분명 무심의 약뿐인 줄을 기억하고 있어야 한다.

시집간 딸이 서른도 안 되어 갑자기 죽었다며 한 보살님이 절에 재를 붙여 놓고 매일 눈물을 흘리며 울었다. 어떤 때는 북받치는 설움을 견디지 못해 통곡을 했다. 사십구재 날이 다가와 이제 그만 딸을 잊으라 했더니 "내 딸을 어떻게 잊을 수 있겠습니까?" 하고 또 울었다. 그러나 잊어도 잊지 않는 것이 있고 잊지 않아도 잊는 것이 있다.

이 묘한 이치대로 살 줄 알아야 한다. 섣달 부채가 필요하다는 말이 있듯이 때로는 여름 추위나 겨울 더위가 있는 수가 있다.

복신과 선행

1990년대 초, 경주 동국대 교수로 있던 호진 스님과 같이 일본 대마도를 방문한 적이 있었다. 마산 해운 동에서 대마도 이즈하라까지 가는 대마페리호가 처음 개통되던 날, 우리는 2박 3일의 짧은 일정으로 대마도엘 다녀왔다. 다섯 시간이 걸려 이즈하라에 도착했더니, 개통을 기념하여 승객을 환영하는 간단한 행사가 부두에 준비되어 있었다. 일본의 텔레비전 방송국에서 나온 기자들이 입항한 배에서 내리는 승객들을 찍다가 승복 차림이 특이해서인지 우리에게도 카메라를 들이댔다.

우리는 우선 민박하는 집을 찾아가 이틀 밤을 묵기로 해놓고 몇 곳의 명소들을 찾아 관광을 했다. 아름다운 수목이 우거져 있고 많은 석등들이 줄지어 있는 만송원, 대마도 원경을 한눈에 볼 수 있는 전망대, 일본 열도로 들어가는 항공기들이 앉아 대기하고 있는 공항, 원군과 조선군이 연합하여 대마도를 정벌했던 바닷가의 전쟁 유적지 등을 먼저 둘러보았다.

이튿날 우리는 수선사를 방문했다. 이곳에 한말의 애국지사 최익현 선생의 유적비가 있어 이를 참관하기 위해서였다. 최익현 선생은 한말의 대학자로 이항로의 문하에서 성리학을 수학하고 철종 때 명경과에 급제하여 출사한 후 여러 관직을 역임한 인물이다. 특히 그는 강직한 성품과 우국애민의 충정으로 임금께 상소를 자주 올렸다.

경복궁 재건을 위한 대원군의 비정을 비판하며 시정을 건의한 상소, 신미양요 후 대원군이 서원 철폐를 단행하자 그 시정을 건의한 상소, 병자수호조약을 결사 반대한 상소, 을사보호조약이 체결되자 의분을 이기지 못하여 올린 '청토오적소' 등이 모두 그의 손에서 나왔다. 청토오적소는 망국 조약에 참여한 소위 을사오적(이완용, 이지용, 박제순, 이근택, 권중현)을 처단할 것을 주장한 상소였다. 이러한 상소들을 올린 탓으로 최익현 선생은 제주도와 흑산도에서 유배 생활을 하기도 했다. 만년에는 항일척사운동을 주도하다가 74세 때 의병을 일으켜 진충보국盡忠報國하고자 했으나, 끝내 뜻을 이루지 못하고 대마도에서 옥사를 하고 말았다. 우리는 그의 비석 앞에서 숭고한 애국충정에 경의를 표하면서 잠시 묵념을 올리며 기도를 했다.

수선사에 가기 위하여 길을 찾던 중 우리는 가게에 들러 기념품을 하나씩 사고 가게 주인에게 길을 물었다. 수선사에 가려면 어떻게 가느냐고 물었더니 50대 초반으로 보이는 여주인이 가게를 비워두고 밖으로 나와 100미터가량 길을 걸어 우리를 안내한 후 손가락으로 수선사 있는 쪽을 가리키며 찾아가기 쉽도록 설명을 해주었다. 가게를 비워둔 채 거리로 나와 자상하게 안내해주는 그녀의 친절이 너무도 고마웠다.

그래서 나는 어떻게 이렇게까지 친절을 베풀어주느냐고 물었는데, 그녀의 대답이 또 우리를 놀라게 했다. "오늘 한국에서 온 두 스님께 내가 좀 더 친절하게 길을 가르쳐 드리면 '후꾸노가미'가 나에게 복을 주지 않을까 생각되어 가르쳐 드리는 것입니다."

후꾸노가미는 복을 주는 신인 복신福神의 일본말이다. 이 말을 들은 나는 묘한 기분이 들었다. 길을 가르쳐준 호의가 복신을 의식하여 복을 받기 위한 행동이었다면 어떤 대가를 바라는 것이니 '순수한 마음이 아니었단 말인가?' 하는 생각이 들었고, 한편으론 복받기를 의식하면서 선행을 한다는 것은 결국 불교에서 말하는 인과의 이치를 믿는다는 뜻으로 해석이 되었기 때문이다.

처음에는 다소 어안이 벙벙해지는 묘한 기분이었지만 조건 없는 친절이 아닌 복신을 의식하는 마음에서 친절을 베풀었다 하더라도 그 여주인의 의식 속에 특유한 생활철학이 숨어 있는 것처럼 생각되었다. 보통 사람들에게 상相이 없는 마음을 바라는 건 지나친 기대인 면이 있으니, 복신을 의식하며 착한 행동을 하겠다는 그 마음이 가상스럽다고밖에 말할 수 없을 것 같았다.

사람이 하는 행동에 스스로 좋은 의미를 부여하여 선업을 지을 수 있는 방편으로 삼는다면 얼마나 좋을까? 이것은 분명 윤리 도덕을 제고하는 개인의 수행이자 사회적 이익을 창출하는 고도의 정신적 가치임이 틀림없다. 또한 남에게 친절한 것, 이것이 바로 좋은 사회를 만드는 기본 바탕이자 지름길임은 두말할 나위가 없다. 아직도 내 머릿속에는 이즈하라 가게 여주인이 들려준 그때의 그 말이 남아 있다. "후꾸노가미가 복을 줄지 모른다." 그녀는 분명 복신을 의식하고 사는 사람이었다.

산 노을 비낄 때

해질 무렵 마당에 있는 평상에 앉아 오랜만에 산 너머 구름 사이로 하늘이 빨갛게 물드는 노을을 보았다.

요즈음은 이처럼 아름다운 노을을 보는 것도 흔하지 않다. 기후가 변한 탓일까? 멋진 노을은 제 모습을 감상할 수 있는 기회를 아주 가끔씩만 내게 허락한다.

저녁노을은 신비로운 색깔로 사람의 마음에 생각의 공간을 키워 준다. 일찍이 덴마크의 철학자 키에르케고르는 기차 창밖으로 보이는 노을에서 종교적 실존을 추구하는 단서를 찾았다 한다. 어느 정치인은 인생의 끝자락을 노을빛으로 짙게 물들이고 싶다고 말하기도 했다. 그런가 하면 황혼을 마주하며 어떤 이별을 예감이라도 한 듯 지나간 날을 회한하면서 깊은 애상에 빠져드는 사람도 있었다.

넘어가는 해가 하늘을 물들이며 산 너머 구름 사이로 선혈 같은 붉은빛을 토해내는 것을 보라. 수많은 인연에 의지하여 살아가면서도 언제나 단독자로 지낼 수밖에 없다는 실존적 고독이 노을처럼 영혼의 하늘을 물들일 것이다. 분명한 건, 저녁노을을 보고 자신의 고독을 발견한 자는 스스로에 대해 끝없는 연민을 가질 수도 있다는 사실이다. 그런 사람은 무지개처럼 찬란하게 살고 싶어 했던 인생이 결국 노을빛 회한으로 귀결된다는 사실을 알게 되기 때문이다.

살면서 겪어온 숱한 고난의 사연도 노을 속에 투영해서 보면 모두가 스쳐간 기억의 편린에 불과함을 알게 될 것이다. 산봉우리 위에 떠 있는 구름처럼 내 존재의 허상이 내 생각의 머리 위에 까닭 없이 떠 있음도 보게 될 것이다. 살아야 하는 부담 때문에 욕망을 버리지 못하고 영욕의 갈림길에서 몸부림을 치고 있다는 것도 깨닫게 될 것이다.

이시카와 다쿠보쿠라는 일본 시인이 있었다. 26세로 요절한 매우 불우한 시인이지만 근래에 와서는 가장 사랑받는 시인 중의 한 사람이 되었다. 스님의 아들로 태어난 다쿠보쿠는 어쩌다 고향에서 쫓겨나야 하는 신세가 되었다. 교사로 있으면서 학생들을 선동하여 데모를 일으켜 교장을 내쫓았는데, 그 일이 문제가 되어 고향 사람들이 그를 쫓아냈기 때문이다. 그는 객지에서 망향의 슬픔을 안고 살다 한번은 걷잡을 수 없는 절망감에 빠져 자살을 결심하고 조용한 바닷가를 찾아간다. 죽으려고 찾아간 바닷가 하얀 백사장에서 그는 작은 게 한 마리를 발견한다.

동해 바닷가
조그만 갯바위 하얀 백사장
나는 눈물에 젖어
게와 놀았지.

다쿠보쿠는 그 게에 눈이 팔려 놀다가 자살할 생각을 잊어버렸다. 그리고 돌아와 위 시를 지었다. 다른 뭐 대단한 게 아니라 그저 작은 게 한 마리가 그를 살린 것이다. 고작 작은 게 한 마리가.

살다 보면 예상치 못한 곳에서 예상치 못한 것이 삶에 불쑥 끼어드는 때가 있다. 그것은 미처 거부할 틈도 없이 별안간 내면으로 파고들어, 북받친 감정 같은 것을 돌파할 수 있는 계기를 만들어놓고 홀연히 사라져버린다. '산 노을'이나 '다쿠보쿠의 게'처럼 말이다. 그러니 보고 듣는 경계를 통해 세상을 세밀히 관찰할 일이다. 그리한다면 괴로움이나 슬픔에서 탈출할 수 있는 돌파구는 누구에게나 찾아온다.

목탁들의 합창

강의 청탁을 받아 직지사에 갔다. 직지사에 도착하
니 오후 5시가 다 된 시각이었다. 바로 식당으로 가
저녁공양을 하고 배정받은 방사에 들어와 있으니
여러 스님들이 인사하러 왔다. 옆방의 차실로 옮겨 차를 나눠 마시
며 화기애애한 분위기 속에 이런저런 이야기를 나눴다. 몇 년 전에
인도에서 만난 적이 있는 한 스님도 직지사 강원 강주로 부임해서
왔다며 다실로 찾아왔다. 오랜만에 만났는데 무척 반가웠다.
　저녁예불 후 직지사 경내를 한 바퀴 둘러보았다. 해가 져 어둠이

내려앉는 시간이라 산사의 오밀조밀한 전각들이 신비한 모습들을 드러내고 있었다. 병풍처럼 둘러싸여 있는 황악산의 크고 작은 산봉우리들이 허공으로 솟아오른 모습이 독특한 느낌을 전해주고 있었다. 이번에 직지사에는 새 스님이 될 남녀 행자 102명이 교육을 받고 있었다. 16일 동안 오전에 하루 한 끼만 공양을 하는 등 철저하게 계를 지키며 강의를 듣고 있었다. 세속을 포기하고 출가의 길을 가겠다고 산에 들어온 만큼 엄숙한 다짐 같은 게 느껴졌다.

사람 사는 것이 무엇일까? 태어났으니 살아야 하는 운명인가? 그렇다면 생사의 운명도 끊어지지 않는 끈에 불과한 것인가? 불교에서는 그저 '인연, 인연' 하며 산다. 생각해보면 세상 인연이란 이슬방울과 같은 것이다. 있다가 없어지는 생멸현상 속에 나타나는 인연이라면 인연도 본래 공한 것이란 말이다.

그렇다! 그래서 불교의 문을 공문空門이라고도 한다. 허공이 텅 빈 것처럼 비어 있는 것이 공문이다. 이것이야말로 순수한 본질을 의미하는 말이다. 모든 것이 비워진 것만큼 순수한 것이 또 있겠는가.

어둠이 깊어 산과 하늘이 구분되지 않을 때 방으로 들어왔다. 외풍이 들어와 방안이 조금 싸늘해진다. 좌복에 앉아 있으니 밖에서 맹꽁이 우는 소리가 들린다.

도량석(새벽에 목탁을 치며 경내를 돌아 사찰을 깨우는 의식) 소리에 잠이 깨었다. 새벽 3시다. 법고 소리와 범종 소리가 산을 깨우는 것이 마치 출정出定(선정 상태에서 나옴)을 알리는 신호 같다. 법당에 들어가 대중과 함께 예불을 드렸다. 새벽예불은 참으로 경건하고 엄숙하다. 영혼의 심연에서 솟아나오는 샘물 같은 신심과 법희에 젖어드는 순간이다. 목숨을 들어 귀의하고, 찬탄하고, 참회하며, 발원을 한다.

법계의 모든 중생이 다겁생래의 죄업을 모두 소멸하고
세세생생 보살도를 실천하게 하소서!

대웅전 예불이 끝나고 나면 다른 법당에서의 예불이 동시다발적으로 거행된다. 비로전, 관음전, 지장전, 명부전 등 각 법당에서 기도정근 소리가 동시에 일어난다. 마치 악기들을 모아 합주를 하듯이 여러 개의 목탁 소리가 동시에 들린다. 부처님께 바치는 목탁의 합창이랄까. 불국정토로 들어가는 문이 빼꼼 열리는 소리가 들린다.

서울역 김밥 장수

요즈음 서울 가는 일이 잦다. 매주 화요일이 되면 서
울엘 올라가서는 불학승가대학원 강의와 조계사 강
의, 금요일 저녁의 패엽회 강의까지 마치고 토요일
아침에 내려오는 일정이 되풀이된다. 스님들끼리 농담을 할 때, 서
울 사는 스님들을 '수도승首都僧'이라 하는데 수행정진에 매진하는
스님인 '수도승修道僧'과 한글 발음이 똑같으니 서울에 살면 저절로
도를 잘 닦는 수도승이 된다고 하는 경우가 있다. 나도 이제 일주
일에 반 이상을 서울에서 지내니 깨달음이 멀지 않은 것 같다.

토요일에 내려올 때는 언제나 아침 7시 기차를 탄다. 보통 서울역에 6시 40분쯤 도착하여 역 안으로 들어가는데, 이때 역 내부로 통하는 에스컬레이터 앞에서 열심히 김밥을 사라고 외쳐대는 한 아가씨를 본다. 이 아가씨는 늘 같은 자리에서 열심히 자기 김밥을 알린다. 아직 20대로 보이는 이 젊은 김밥 장수 아가씨를 볼 때마다 나는 무언가 감동 같은 것을 받는다. 이른 아침부터 김밥을 가지고 나와 하나라도 더 많이 팔아보려고 외쳐대는 목소리를 들으며 우선 이 아가씨의 생활력에 감탄한다. 젊을 때는 남의 시선에도 더 신경이 쓰일 텐데 아무런 거리낌이 없다. 그뿐 아니라 용모도 수려하고 몸짓도 세련되었으며, 억지힘이 들어가지 않은 부드러운 목소리로 음악을 들려주듯이 지나가는 사람들을 향해 외치는 폼이 보통 수준을 넘어서 있었다.

"집에서 갓 만들어 온 따끈따끈한 김밥 사세요. 맛있습니다."

하도 열심인지라 김밥을 사지 않고 그냥 지나가면 미안한 마음까지 들 정도다.

장사를 하건 무엇을 하건 사람이 특별나게 하는 행위에는 어떤 동기나 사정이 있을 것이다. 새벽에 김밥을 만들어 역으로 달려와 파는 사람이 부자일 리는 없다. 어쩌면 김밥 파는 이 아가씨는 부모

중에 누가 병석에 있거나, 젊은 나이에 가장 노릇을 하는지도 모른다. 사정이야 내 정확히 알 수 없지만, 어찌되었든 이 아가씨는 열심히 그리고 건강하게 살고 있었다.

내가 이렇게 생각을 하는 건, 사람 사는 데 꼼수는 통하지 않는다는 사실을 알고 있기 때문이다. 어려움이 다가올 때는 정면으로 돌파하는 것 말고 다른 길이 없다. 문제란 피한다고 피해지는 게 아니다. 풀리지 않은 문제가 마음속에 남아서 자기도 모르게 전전긍긍 고심했던 경험이 누구에게나 있을 것이다. 사실, 그런 문제는 마음속에만 남아 있는 게 아니다. 곪은 상태로 계속 있다가 방심하는 틈이 보이면 곧바로 터져 발목을 잡는다.

하지만 문제를 정면 돌파하는 태도로 삶을 꾸려나가는 사람이 많지 않은 것이 현실이다. 용기도 부족하고 지혜도 부족하여 스리슬쩍 돌아가는 사람이 세상에는 더 많은 것 같다. 경우에 따라서는 자기의 이익을 위하여 남을 속이거나 부당한 방법으로 남몰래 이익을 취하는 사람도 있다. 이런 사람이 겉으로는 잘 사는 것처럼 보일 수도 있지만, 그의 마음은 늘 쫓길 것이 분명하다. 이런 사람은 문제가 다시 불거지면 어떡하나, 자기의 부정이 들통나면 어떡하나 걱정하고 불안해하며 한시도 제대로 쉬지 못한다. 업에는 반드시 과보가 따르는 법이다.

보지도 못하고 듣지도 못하는 장애인으로 일생을 살면서도 위대한 업적을 이룬 미국의 헬렌 켈러는 맹인을 위한 점자를 발명한 후 어느 신문기자와 인터뷰를 하다가 이런 질문을 받았다.

"당신이 만약 이 세상을 볼 수 있다면 무엇을 제일 먼저 보고 싶은가요?"

이에 헬렌 켈러는 이렇게 답했다.

"첫째, 내게 은혜를 베풀어준 고마운 사람의 얼굴이 보고 싶고, 둘째, 해가 떠서 질 때까지 이 세상의 아름다운 모습이 보고 싶고, 셋째, 가장 열심히 성실하게 살아가는 사람들의 모습이 보고 싶다."

눈먼 사람이 그렇게도 보고 싶어 했던 이 세 가지를 눈 뜬 사람들은 보고 있을까? 삶을 풍요롭게 하는 데는 몸 눈을 뜨는 것만큼이나 마음눈을 뜨는 것도 중요하다. 김밥장수 아가씨의 자신감 넘치는 목소리가 들려온다.

나무 아래로 가자

경복궁 옆에 있는 법련사에서 강의를 하다 쉬는 시간
이면 가끔 창밖을 내다본다. 시야에 들어오는 풍경
중에 유독 눈에 띄는 집이 있는데, 그 집 옥상에는 나
무가 한 그루 서 있다. 누가 심어둔 것인지 사철나무 한 그루가 푸른
잎을 달고 외롭게 서 있다. 도시의 높은 건물들 사이에 섬처럼 서 있
는지라 그 나무가 유독 눈에 띈다.

그 나무를 무심코 바라보다가 '왜 하필이면 그 넓은 땅을 두고 너
는 옥상에 심겨 있느냐?' 하고 물었다. 그렇게 서 있는 나무는 불행

할까, 아니면 그렇게라도 서 있는 걸 다행으로 여길까? 그보다 그 나무를 심은 사람은 왜 거기에 나무를 그렇게 심었을까? 나무 한 그루에라도 의지해서 도시의 삭막함에서 벗어나보려고 한 것일까?

예로부터 사람들은 생활공간에 나무를 들여놓곤 했다. 공원을 만들고, 가로수를 심고, 정원을 가꾸고, 화분을 기르며 나무를 늘 곁에 두었다. 중국 송대의 소동파는 "고기는 먹지 않고 살 수 있어도 집 옆에 대나무가 없으면 안 되겠다."고 했다. 현대에 와서도 나무는 도시 계획, 건축, 인테리어에 빠져서는 안 되는 필수 요소이다. 왜 사람들은 이렇게 나무에 집착하게 되었을까?

사람과 나무는 서로 의존하고 있다. 의존하는 정도로 보면 나무가 사람에 의존하는 것보다 사람이 훨씬 더 나무에 의존하겠지만 말이다. 문명이 발달한 지금이야 눈앞에 나무가 없다고 당장 큰일이 나지는 않겠지만, 문명 이전에는 나무 없이 사는 건 상상조차 할 수 없는 일이었다. 의식주를 구성하는 여러 요소들이 나무 혹은 숲에서 나왔기 때문이다. 그래서 사람들은 나무 옆에 보금자리를 틀었다. 이 옛 기억이 유전자를 통해 지금까지 전해져 사람 사는 장소에 나무가 있게 하고 싶고 숲을 가꾸고 싶은 것이 인간의 정서적 바람이 되었을 것이다.

그런데 문명이 발달하고 도시가 성장하면서 생활공간에서 나무가 점점 밀려났다. 사람의 생존 본능에 빨간불이 켜지는 상황이 벌어진 것이다. 이렇게 악화가 양화를 밀어내는 흐름 속에서 사람들 마음에 불안이 차곡차곡 쌓여갔으리라 짐작하는 건 그리 어려운 일이 아니다.

옥상에 심은 나무는 이 본능적 불안을 달래기 위한 필사적인 방편일 것이다. 이렇게 보면, 공중으로 높이 치솟은 빌딩 사이에서 한 그루 나무 아래 말없이 앉아 삶의 문제를 조용히 생각해보는 원시적 사색이야말로 영혼이라는 퍼즐을 완성하는 잃어버린 조각이 아닐까 싶다.

나무 아래서 태어나, 나무 아래서 깨달음을 이루고, 나무 아래서 설법을 하고, 나무 아래서 돌아가셨다.

석가모니 부처님 생애의 결정적 순간에는 모두 나무가 등장한다. 불교에서 '나무 아래'가 갖는 의미는 이처럼 중요하다. 나무 아래서 이뤄지는 사색과 명상이 불교의 정서를 결정했다. 초기불교 시절에는 부처님이 제자들에게 나무 아래에 의지하여 수행할 것을 권하기도 했다. 말하자면 수행자에게 나무 아래는 집과 같은 것이었다.

　라즈니쉬는 "종교를 믿는 것은 숲속의 오솔길을 찾는 데서 시작되는 마음이다."라고 했다. 흐트러진 마음으로 고심하는 그대여, 나무 아래로 가자.

관상은 못 봅니다

서울에 올라갈 때마다 서울역에서 택시를 타고 조계
사 부근의 열린선원으로 향한다. 내려올 때도 서울역
까지 주로 택시를 탄다. 아침 일찍 나와 보통 7시발
KTX를 타는데, 어떤 때는 택시가 잘 잡히지 않아 기차를 놓칠까 봐
조마조마할 때도 있다.

한번은 여섯시 반에 나와 택시를 기다리는데 한참을 기다려도
택시가 보이지 않았다. 예전에 기차를 놓쳐본 적도 있어, 또 그럴까
걱정되던 차에 마침 택시가 한 대 왔다. 반가운 마음에 택시 문을 열

고 뒷좌석에 앉았더니 기사분이 인사를 했다.

"스님 반갑습니다. 어디로 모실까요?"

"예, 서울역으로 가주시죠."

이 기사분과 이런저런 이야기를 하던 중 빨간 신호에 걸려 차가 멈췄다. 그러자 기사분이 느닷없이 고개를 뒤로 돌리더니 "스님 제 관상을 좀 보아주십시오." 하는 것이었다. 어이가 없어 냉큼 말을 못하고 있는데 기사분이 이야기를 풀어놓았다. 그는 지금까지 먹고살기 위해 이런저런 일을 했는데 번번이 실패를 맛봤다고 했다. 택시기사를 한 지는 한 달밖에 되지 않았으며, 이번에 빚을 내어 부인 명의로 며칠 후에 작은 가게를 하나 오픈하는데 그게 잘되지 않으면 어쩌나 걱정이 되어 밤잠을 못 이룬다고도 했다.

힘겨운 생활 이야기를 들으며 마음이 안타까웠지만, 그렇다고 내가 관상을 보는 특별한 재주를 가지고 있는 것도 아니고 하여 그냥 마음을 착하게 잘 써 복을 지으면서 살면 잘될 거라고 해줬다. 그 말끝에 옛 스님의 일화가 생각났다.

조선 중엽에 한 스님이 만행을 하다 어느 마을 밖을 지날 때였다. 웬 장년의 남자가 스님을 보고 다가오더니 느닷없이 소매를 붙잡고 애원을 했다.

"스님, 제 마누라를 좀 살려주십시오. 새벽부터 혼수상태가 되어 말도 못하고 있습니다."

아닌 밤중에 홍두깨라더니 다짜고짜 마누라를 살려달라고 애걸복걸을 하는 것이었다. 난감해진 스님이 이 남자를 위로하고자 한마디 말을 해주었다.

"여보시오, 인생은 지극히 무상한 것이오. 그러나 열심히 사시오."

스님은 이 말만 하고 남자를 뒤로한 채 서둘러 절로 돌아왔다. 절로 돌아온 스님은 그 남자의 눈물 글썽이던 얼굴이 떠올라 법당에 들어가 부처님께 축원을 올렸다. 남자의 부인이 아직 명이 남아 있으면 연명을 하게 해주시고 그새 숨을 거두었다면 극락에 왕생하게 해달라는 기도였다.

이튿날 스님은 다시 그 남자를 만났던 마을로 찾아갔다. 그 남자의 부인이 살았는지 죽었는지가 궁금하기도 했고, 혹 죽었으면 염불이라도 해주기 위함이었다. 마을 안으로 들어가던 스님은 길가에서 마을 사람들이 주고받는 이야기를 듣게 되었다.

"아무개 부인이 죽었다고 새벽녘에 통곡 소리가 났는데, 글쎄 다시 살아났다지 뭔가."

이 말은 들은 스님은 나무아미타불 염불을 하고 그냥 절로 돌아왔다고 한다.

힘겨운 상황에 맞닥뜨리면 누구나 피하고 싶은 마음을 낼 것이다. 설사 자신이 맞닥뜨린 현실이 진실이고 자기가 거짓을 피난처로 삼게 되더라도 말이다. 하지만 아무리 비통하고 힘들더라도 진실을 받아들일 때 비로소 사람이 할 수 있는 일이 보이는 법이다. 인생은 무상하나 열심히 살아야 한다. 우리는 용기를 내서 진실을 마주할 필요가 있다.

아무렇지도 않은 삶

"생활이 그대를 속이더라도 슬퍼하거나 노여워하지
마라."

러시아 문호 푸시킨의 너무나도 잘 알려진 말이다.
하루하루 일상을 살아가면서 부딪치는 일들에 우리는 가끔 속상해
하는가 하면, 화가 치밀어 이성을 잃는 경우도 있고, 억울한 일을 당
해 원망을 하면서 분풀이를 못해 안달하는 수도 있다. 참으로 어처
구니없는 일이 우연히 터지기도 한다. 그래서 사람이 살아가는 세상
의 경계는 실로 복잡다단하다. 이런 일 저런 일이 얽히고설켜 서로

서로 이해타산에 말려들어 정신없이 허우적거리기가 일쑤다.

산다는 것은 무엇인가? 돌연한 이 질문 앞에 우리는 한 번씩 서봐야 한다. 사람이 살고 있다는 것, 아니 내가 이 세상에 존재하고 있다는 것은 실로 엄청난 사건이다. 왜냐하면 모든 존재는 내가 존재함으로써 존재의 의미가 부여되기 때문이다. 내가 없으면 세상이 없는 것이고 내가 없으면 너도 또한 없는 것이다. 나의 세계에서는 언제나 내가 중심이 되는 법이고 나를 통하여 모든 관계가 이루어진다.

그러나 아무리 강한 주관의 소유자라 하더라도 사람은 살아가면서 자기를 잊어봐야 한다. 자기를 잊고 산다는 건 도대체 무슨 말인가? 그것은 '나'라는 자아 관념에서 해방되는 것이다. 세상의 모든 문제는 내가 나를 의식하면서부터 시작된다. 우리는 곧잘 현실의 객관 경계에서 문제를 느끼고 이것 때문에 노심초사한다고 생각하지만, 기실은 내가 나를 의식하는 자의식에 문제의 근원적 단초가 있다.

일찍이 불교는 '내가 없다'는 무아설無我說을 내세웠다. 이는 물론 인연에 의해 생성된 모든 것 가운데 영원불변하는 실체가 없다는 뜻이지만, '나'라는 상相을 여읠 때 진리의 세계에 들어간다는 사실을 전하는 언설이기도 하다. '나'라는 이기적 고집을 가지지 말고 인생을 살아가라는 가르침이기도 한 무아설에는, 우리들 마음에 일어나는 주관적인 생각들을 객관적으로 관찰하는 자세를 취하라는 권유가 들어 있기도 하다. 예를 들면, 자고 일어나 아침에 창문을 열고 창밖을 내다볼 때 그날의 일기를 살피며 '하늘이 맑구나.', '비가 오는구나.', '바람이 부는구나.', '눈이 내리는구나.'라고 하듯이 마음속에 일어나는 생각들을 두고 '화가 나려 하는구나.', '슬퍼지려 하는구나.' 하며 자신의 심사를 관찰하여 읽어보는 것이다.

이러한 관찰을 통해 우리는 객관 경계에 집착하는 자기의 마음을 떼어놓을 수 있다. 날씨를 무심히 읽는 것처럼 자기의 마음을 무심히 읽기 때문이다. 무심해질 때 우리는 이 세상을 아무렇지도 않게 살아갈 수가 있다. 이른바 걸림 없는 무가애無罣碍의 생활을 할 수 있게 되는 것이다. 이것이 바로 스스로의 삶에서 얻을 수 있는 진정한 자유이다.

살아가면서 누구 없이 상처를 받는다고 한다. 이 상처 앞에서는 부자든 가난한 이든 모두 평등하다. 인생은 무상한 것이요 죽음과 연결되어 있기 때문이다. 일본의 선학자禪學者 스즈끼 다이세츠 박사가 미국에서 순회강연을 하던 도중 이런 질문을 받은 적이 있다고 한다.

"사람이 사는 것이 무엇입니까?"

스즈끼 박사의 대답은 "사람이 사는 것은 죽는 것입니다."였다.

인간은 결국 삶과 죽음을 함께 소유한 존재이다. 죽음도 초월하고 삶도 초월하라고 불교는 가르친다. 이른바 생사해탈이 불교 최후의 목표이다. 다만 우리는 오늘의 현실 속에서 때로는 자기를 잊어버리고 아무렇지도 않게 살아갈 수 있어야 한다. 육신이 병에 걸리지 않고 사는 것이 좋듯이(때로는 병에 걸려도 보아야 하지만), 생존의 상처도 받지 않고 사는 것이 좋은 법이다. 아무렇지도 않은 삶에는 상처가 생기지 않을 것이다.

나에게 미안하다

남에게 실례를 했을 때 "미안합니다." 하고 사과를 한다. 본의 아니게 작은 실수를 범해 상대방에 누를 끼쳤을 때도 똑같은 사과를 한다. 사람이 살면서 미안하다는 말을 해야 될 때가 누구에게나 온다. 이처럼 미안해할 때 마음이 부드러워지면서 짧게나마 자기반성을 하게 된다.

그런데 우리는 실수를 하고 말고에 상관없이 미안한 마음을 품어야 하는 때가 있다. 자식이 부모에게, 부모가 자식에게, 부부가 서로에게, 또 사회활동을 하면서 인연을 맺고 있는 사람 사이는 물론,

심지어 구체적으로는 잘 모르지만 지구상에 같이 살고 있는 모든 존재에게도 미안한 마음을 가질 때가 있어야 한다.

이 세상은 하나의 큰 그물처럼 연결되어 있다. 이를 불교에서는 '법계무진연기法界無盡緣起'라 하여 만물이 서로 인연으로 이어져 의존하고 있다고 말한다. 전체가 하나의 큰 그물이라면 개체는 그물의 한 눈이며, 각각의 개체는 전체라는 큰 틀 속에서 응분의 자기 역할을 담당하고 있다.

그렇다면 언제가 미안해해야 하는 때일까? 각자 맡고 있는 역할을 객관적으로 평가하여 점수를 매겼는데 점수가 낮을 때, 다르게 표현하면 자기의 존재 가치가 낮아졌을 때 미안해해야 한다. 여기서 중요한 건, 내 역할이 부진할 때 생기는 미안함은 인간관계에서 예의상 발생하는 미안함과는 속성이 다르다는 점이다. 그 미안함의 대상이 남이 아니라 자기 자신이며, 남에게 실수한 것이 아닌 자기가 해야 할 일에 대하여 최선을 다하지 않은 데 대한 미안함이기 때문이다.

사람들은 보통 자기가 남에게 해야 할 일에 대해서는 최선을 다하지 않으면서 남이 자기에게는 최선을 다해주기를 바란다. 하지만 최선을 다하지 않고서는 최선의 결과를 얻을 수 없다. 인과의 법칙

상 그렇게 되지 않는다. 그런 기대는 공짜를 바라는 허황된 망상일 뿐이다. 설사 일시적인 요행으로 바라는 결과를 얻을 수 있다 하더라도 종국엔 무거운 빚을 지고 말 것이다.

누군가가 자신의 행동을 관찰하고 있다고 상상해보자. 내가 하지 말아야 할 일을 억지로 하고 해야 하는 일은 하지 않으면서 성공을 바란다면, 관찰자는 어처구니가 없을 것이다. 때로 관찰자는 안타까움을 느끼기도 할 것이다. 바다에서 조난을 당한 사람을 찾아 내가 배를 운전하는 상황이 되었다고 상상해보자. 이때 동쪽으로 조금만 가면 조난당한 사람이 있는데 계속 서쪽으로만 키를 잡고 가면서 사람이 안 보인다고 한탄을 한다면, 이를 지켜보는 이의 마음이 오죽 답답하고 안타깝겠는가.

현대인은 문명의 발달로 편리한 생활을 누리고 있다. 이에 반비례해 자기 삶에는 정성을 덜 쏟는 것 같다. 자기 삶에 정성을 덜 쏟는다는 건 자기의 역할을 제대로 수행하지 않는다는 의미이고, 이는 자기의 존재 가치가 낮아지는 결과를 낳는다. 이에 따라 전체 사회도 제대로 운영되지 않는다.

사람에게는 누구나 자신이 해야 할 본래의 일이 있다. 그걸 찾아 할 일을 다하는 것이 사람의 역할이다. 이것이 인생에서 가장 중요한 일이다. 이를 위해 우리는 스스로 자기 삶의 관찰자가 되어야 한다. 이를 미루면, 빚에 이자를 물어야 하듯이 자신이 짊어져야 할 수고가 차곡차곡 쌓여 큰 덩어리를 이룰 것이다. 내가 나에게 미안해하면서 오늘의 일을 챙겨야 한다. 오늘의 시간은 오늘밖에 없다.

당신을 잊지 않겠습니다

옛날 시골 어느 마을에 갓 결혼한 신혼부부가 살고 있었다. 농사짓고 살던 가난한 시절이라 어느 집 아래채 방에 세를 얻어 신접살림을 차렸다. 달포쯤 지낸 뒤 뜻밖의 사건이 일어났다. 새신랑 되는 사람이 이웃사람과 치고받고 격투를 벌이다 그만 힘센 이웃 남자에게 맞고 죽어버린 것이다. 시집 온 지 두 달 만에 남편을 잃은 신부는 충격으로 실성을 해버리고 말았다. 정신이 이상해진 신부는 남편을 죽게 한 이웃 남자 집 앞에 매일 나타나 두 손을 치켜들어 손톱을 세우고 쥐를 노리는 고양이처럼 쭈그리고 앉아 노려보며 떠나지 않았다. 동네 사람들이 실성한 신부가 남편 잃은 원한을 품고 저러는 것이라고 혀를 차며 동정을 하기도 했다.

세월이 흘러 신부는 육십을 넘기고 칠십을 넘겨 노파가 되었다. 사오십 년의 세월이 지나도록 실성한 채로 살아온 신부는 노파가 되어서도 남편을 때려죽인 사람 집 앞에 간간이 나타나 손톱을 세우고 성난 표정을 지으며 노려보고 앉아 있었다. 남편과 싸움을 했던 사람은 이미 다른 마을로 이사를 가버려 없는데도 신부는 죽을 때까지 간혹 그 자리에 찾아와 같은 행동을 되풀이했다.

평생 잊지 못하는 특별한 사연을 가지고 있는 사람들이 더러 있다. 아니 사람은 누구나 가슴 깊이 남아 잊을 수 없는 일들을 품고 있다. 그것이 은혜이든 원한이든 평생을 잊지 못하고 절절히 사무치는 가슴으로 있다면, 그 인생은 분명 물망초 같은 인생이다. 이는 사람에게 남아 있는 추억을 두고 하는 말이지만, 사람 사이에 얽혀 있는 인과의 그물을 두고 하는 말이기도 하다.

옛말에 "만고에 흐르는 긴 강의 물로도 한번 더럽혀진 이름은 씻지를 못한다."고 했다. 내가 남에게 베푼 은혜도 잊혀지지 않는데 남에게 해롭게 한 잘못이야 말해 무엇 하랴. 몸으로 하는 행동만 그러한 게 아니다. 생각 역시 하나의 행위이며, 그래서 업의 종자가 된다. 마음속에 심어진 생각의 씨앗은 언젠가 때가 되면 싹을 틔운다. 이렇게 나와 남의 생각들은 서로 오고 가며 인과관계를 이룬다. 때문에 나를 좋게 생각하듯이 되도록 남에 대해서도 좋게 생각해야 한다.

사람의 마음은 언제나 과거와 현재 그리고 미래 사이를 오고 가며 산다. 마음이라는 것은 언제나 시공을 자유자재하게 내왕하므로 동서고금을 생각대로 드나드는 것이다. 또 우리가 사는 삶이라는 것은 시간상으로 끊어지지 않는 연속된 흐름이기 때문에 삼세(과거, 현재, 미래)의 진행을 따라 끝없이 이어져 흐른다. 그러면서도 우리의 생각은 곧잘 과거를 향해 역류하기도 한다.

지나간 세월, 그 아련하고 그리운 추억들을 가슴 깊이 간직하고서 오늘의 시름을 달래가며 살아가는 것이 인생이다. 하지만 잊을 수 없는 기억의 편린들에 사로잡혀 부단히 과거로 과거로 돌아가며 그 시절 그 자리를 떠나지 못하면 오히려 시름이 더해지기도 한다. 잊어버리라는 충고를 스스로에게 던져보지만 잊는다는 건 쉽게 되는 일이 아니다.

아니 우리는 결코 잊을 수 없다. 과거의 일이 기억에 떠오르지 않으면 우리는 잊었다고 말하지만, 기억에서 사라진 일이라 해서 없어진 일이 될 수는 없다. 업종자는 영원히 남기 때문이다. 중생은 자신의 업을 떨쳐내지 못하고 산다. 그림자가 되어 따라오는 업의 자취. 그것 때문에 우리는 과거를 영원히 잊지 못하고 또 잊을 수도 없다. 물망초 전설에서 '나를 잊지 말아 달라'고 하는 애원은 실현될 수밖에 없다. 그러니 우리는 똑똑하게 기억하며 살아야 한다. 원한의 씨앗 대신 사랑의 씨앗을 심어야 한다는 사실을.

인생이 하루뿐이라면

하루살이란 벌레가 있다. 수명이 하루밖에 되지 않는다 해서 붙여진 이름이다. 그래서 하루살이는 가장 짧은 수명을 누리는 생명체의 대명사가 되었다. 그런데 이 하루살이보다 더 짧은 생애를 사는 벌레가 있다 한다. 바로 '초명'이라는 벌레다. 이 벌레는 소가 눈을 한 번 감았다 뜨는 사이에 일생을 마친다 한다.

문득 궁금해진다. 이런 짧은 생애가 비단 이 벌레들만의 이야기일까?

가만히 생각해보면 아무리 긴 수명을 누린다 해도 죽음의 순간에는 지나온 생애가 하루살이의 생애나 마찬가지이다. 일기무상─期無常이라는 말처럼, 무언가가 존재하는 시간 전체가 무상하므로 찰나와 같은 것이다.

사람이 하루살이를 보고 이렇게 말을 했다.

"너는 하루밖에 못 사는 목숨인데 무엇 하러 태어났느냐?"

사람의 생애가 하루살이에 비해 길다는 것을 은근히 자랑하면서 하는 말이었다. 이때 청산靑山이 사람에게 편잔을 주면서 말했다.

"야, 이 인간아, 네 목숨인들 하루살이와 다를 게 무엇이냐? 나와 네 수명을 비교해보자."

이에 인간이 대꾸를 못하고 기가 죽고 말았다고 한다.

우리는 짧은 시간에 대해서 그것이 무상하다고 생각하지만, 긴 시간에 대해서는 지루함을 느낄 때가 많다. 그런데 이 시간의 장단이라는 것이 사람의 의식에서 일어나는 관념에 불과하다는 사실을 알아야 한다. 생각이 움직이는 것을 생멸심이라 하는데, 이 생멸심에 의해 시간의 장단이 느껴질 뿐 생멸심을 여읜 선정 상태에서는 시간의 장단이 없다. 다시 말하면 번뇌가 있는 마음에서는 길고 짧은 시간 의식이 일어나지만 삼매에 든 상태에서는 시간을 느끼는 의식이 없어져 시간을 초월하게 된다는 말이다. 마치 잠을 자는 사람이 잠 속에서는 시간 가는 줄을 모르다가 깨어나서 자기가 얼마만큼 잤는지를 인식하는 것과 같다.

"한 생각이 만년"이라는 말이 선어록에 나오는가 하면, "일념이 곧 무량겁"이라는 「법성게」의 구절도 있다. 순간이 영원이고 영원이 순간이라는 뜻이다. 이러한 이치에서 보면 하루살이나 초명의 생애가 사람의 일생과 같은 것이며, 나아가 천년만년의 수명을 누리며 장수하는 목숨과 다른 게 없다는 의미가 된다. 다만 업식業識이 일어나는 상태에 따라서 시간의 차원이 달라질 뿐이다.

사바세계에서의 시간은 중생들의 업보가 들어 있어 겁탁劫濁이 되어버린다. 이 겁탁 때문에 전쟁이 일어나고 전염병이 돌며 천재지변에 의한 재앙이 일어난다고 한다. 일상에서 나타나는 사고와 사회에 물의를 빚는 일들, 또 거대한 재해 등이 모두 시간이 오염된 결과라는 것이다. 반면에 이 시간의 오염을 해소하는 일은 무상無常을 깨닫고 시간 의식에서 벗어나는 일이다. 무상을 깨닫는다는 것은 단순히 세월의 덧없음을 느끼는 감상이 아니다. 무상을 깨닫기 위해서는 한평생의 생애가 설사 100년이 된다 하여도 하루살이의 하루 생애와 같다는 이치를 알아야 한다. 찰나무상刹那無常을 통해 헛된 생각을 벗어버리고 참자아로 돌아가는 것이야말로 자신을 제도하는 길이다.

내 생애가 하루살이와 같은 하루의 시간밖에 되지 않는다면 어떻게 살아야 할까? 쓰레기를 버리듯이 자신을 포기하고 팽개쳐버리면 될까? 죽음의 공포에 사로잡혀 전전긍긍하고 있으면 될까? 모르긴 해도 생애 전체가 하루뿐이라면 그 하루는 대단히 소중하고 가장 의미 깊은 최고의 하루가 되어야 할 것이다. 한 번뿐인 마지막 하루를 통해 인생에서 가장 높은 행복의 가치를 찾아야 하지 않겠는가.

행복의 뿌리 가꾸기

『채근담』에 이런 구절이 나온다.

행복에는 여러 가지 형태가 있다. 돈이 있는 것도 행복의 하나요, 지위가 있고 명예가 있는 것도 행복의 하나임은 틀림없다. 부당한 과정이 없이, 성실한 노력을 기울이고, 남을 해롭게 하지 않고서 이러한 행복을 얻었다면 이는 정원에 심은 꽃과 같다. 잘 가꾸면 꽃이 피고 오래간다. 그러나 만약 권력에 빌붙고 모략과 중상으로 남을 해쳐서 얻은 부귀나 명예라면 화

병에 꽂아놓은 꽃과 같아 오래가지 못하고 곧 시들어버린다. 뿌리가 없기 때문에 정원의 꽃과는 비교가 되지 않는다.

뿌리는 식물의 생명을 유지하는 원천이다. 뿌리가 땅속 깊이 박힐수록 나무가 가뭄을 잘 이겨내고 거센 바람에도 넘어지지 않는다. 행복에도 이런 뿌리가 있어야 하며, 땅속 깊이 뻗은 행복의 뿌리가 있어야 행복을 든든하게 받쳐줄 수 있음을 위 구절은 말하고 있다.

성공에는 예외 없는 법칙이 하나 있는데, 바로 인과응보이다. '뿌린 대로 거두리라'는 격언처럼 세상의 모든 일은 인연에 따라 일어나는데, 이 인연은 사람의 마음에서 비롯된다. 그러므로 좋은 일이 생기려면 사람의 마음속에 어떤 생각이 일어날 때 그 생각 속에 지혜의 빛과 덕의 향기가 배어 있어야 한다. 그럴 때의 심인心因이 바로 행복의 씨앗이 된다. 꽃씨를 뿌려 잘 가꾸면 마침내 꽃이 피듯이 좋은 심인을 만들어 잘 가꾸면 반드시 행복의 꽃이 핀다.

하지만 복잡다단한 세상의 경계를 만날 때마다 사람들은 좋은 심인을 마음밭에 뿌리고 기르는 일을 방해받는다. 이게 반복되다 보면 좋은 심인을 가꾸려는 의지가 약해지고, 그렇게 사람들은 공들이는 일에 인색해진다. 하지만 공을 들이지 않고 얻을 수 있는 것은 세

기르기

상 어디에도 없다. 설사 얻는다 해도, 공짜로 얻은 건 금방 사라지고 만다. 자기의 피와 땀이 배어 있지 않은 것은 허투루 대하는 게 사람의 심리이기 때문이다. 도박으로 번 큰돈이 쓴 곳 없이 사라지듯, 공들이지 않고 사는 사람의 주머니는 탈탈 털릴 수밖에 없다.

모름지기 사람은 행복의 뿌리를 잘 가꾸고 살아야 한다. 동시에 행복이 머물 방을 공들여 준비해야 한다. 반가운 손님을 맞아들일 때처럼 정성스레 자리를 마련하고 기다려야 한다. 뿌리가 자리를 잘 잡는다면 곧 찬란한 꽃이 피고 탐스런 열매가 열릴 것이다.

영국의 찰스 다윈이 대서양을 건너다가 심한 풍랑을 만난 적이 있었다. 그때 다윈의 눈에 해초 하나가 들어왔다. 그 해초는 거친 파도 속에서도 떠밀리지 않고 제자리를 가만히 지키고 있었다. 바다 밑바닥에 뿌리를 깊게 내리고 있었기 때문에 가능한 일이었다. 이에 다윈이 깨달은 바가 있어 이런 독백을 했다고 한다.

삶의 뿌리를 깊게 박으면 세파에 흔들리지 않을 수 있다.

자신이 가지고 있는 좋은 인연 종자의 뿌리를 잘 발아시켜 그것을 튼튼하게 키우라. 이것이 바로 생애의 의무이다.

밤을 말하지 않는다

얼마 전에 어떤 사람이 찾아와 자기 처지를 하소연하다가 슬퍼 눈물 흘리는 것을 보았다. 집안의 가족 관계 속에서 오해가 얽혔는데 모함까지 받고 있어 정말 속이 상해 살 수가 없다고 했다. 이 사람이 처지를 비관한 나머지 엉뚱한 마음을 먹을까 봐 걱정이 되어 여러 가지 위로의 말을 해주었다.

세상 사람들은 나와 남을 이루어 산다. 한 가족이라 하여도 그렇다. 자타가 없이 산다는 것은 범부의 생활 경계에서는 있을 수가 없다. 너와 내가 맺고 있는 관계, 그 관계라는 틈이 있어 주관과 객관으로 나뉘며, 사람은 이런 분별 상태에서 보고 듣고 생각한다. 그리고 이러한 인식의 한계 때문에 우리는 번뇌를 피할 수 없다.

사람이 일단 번뇌에 사로잡히면 생각이 움직이므로 일념—念으로 돌아가지 못한다. 흐트러진 마음이 되어 때로는 갈피를 잡지 못하고 허우적거리는 수도 허다하게 일어난다. 중생으로 사는 이상 이 상태에서 벗어날 수 없다. 그리하여 중생을 번뇌의 존재로 보는 것이다. 그렇다면 사람이 가지고 있는 번뇌가 얼마나 될까? '팔만사천 번뇌'라는 말에서 짐작할 수 있듯이, 불교에서는 번뇌가 무수히 많다고 본다.

그런데 중생이 아무리 번뇌를 많이 가지고 있다 해도 그 번뇌는 사람의 마음 전체에 비하면 우파니사타분의 일도 안 되는 것이라 한다. '우파니사타분의 일'이란 『화엄경』 「보현행원품」에 나오는 말로 극미소極微小한 양을 나타낼 때 쓰인다. 숫자로 표현하면 0 다음에 소수점을 찍고 그 뒤에 0을 수없이 붙이고 나서 마지막에 1로 마무리(0.0000000000...1)하면 되는 아주 작은 양이다. 따라서 '마음에 비하면 번뇌는 우파니사타분의 일도 안 된다'는 말은, 번뇌란 사실 별게 아니라는 의미이다. 마음이 우주라면 번뇌는 가는 먼지 하나보다 작고, 마음이 바다라면 번뇌는 물방울 하나보다 작다는 얘기다.

번뇌가 이렇게 작은 건데 왜 우리는 번뇌가 세상 전부인 것처럼 받아들이고 괴로워할까? 왜 번뇌에 사로잡혀 슬퍼하고 원망하고 증오하며 살아가는 걸까?

『기신론』에서는 번뇌가 일어나는 마음을 '망심妄心', 곧 '생멸심生滅心'이라 하고 번뇌가 일어나지 않는 마음을 '진심眞心', 곧 '진여심眞如心'이라 했다. 그리고 사람의 마음에는 '진여문眞如門'과 '생멸문生滅門'의 두 문이 있다고 했다. 이 가운데 진여문을 열고 참되고 한결같은 진여에 들어가는 것이 부처가 되는 길이라 했다.

마음 전체를 들여다보면 행복이 자리하고 있는 공간이 어딘가에 반드시 있다. 그걸 못 찾고 못 보기 때문에 행복하지 못한 것이다. 복잡다단한 현대사회의 여러 가지 물정에 부딪히다 보면 부지불식간에 마음이 좁아지면서 자꾸 싫고 화나는 일이 많이 생긴다. 그래서 누군가를 원망하고, 때에 따라서는 증오까지 한다. 생멸문을 열고 번뇌의 방으로 들어간 것이다. 이럴 때 정신을 차려야 한다. 번뇌의 방에서 나와 진여문을 열고 들어가야 한다.

지구에는 밤과 낮이 있으나 해에는 밤낮이 없다. 언제나 밝은 빛이 끝없이 나오는 발광체이므로 해는 어둠을 모른다. 어둠을 모르기 때문에 해는 밤의 사정을 말하지 않는다. 사람의 마음도 본래는 해와 같다. 태양보다 밝은 광명 그 자체이다. 광명 그 자체이므로 그림자가 있을 리 없다. 마음이 괴로운 건 그저 번뇌라는 어두운 허상이 이 빛을 가리고 있을 뿐이기 때문이다.

자기 마음이 광명 그 자체임을 보고, 알고, 받아들여야 한다. 만물을 밝게 비추는 해처럼 자기 자신을 대하고 또 남을 대해야 한다. 이렇게 믿고 묵묵히 걸어가면 어둠을 걷어내고 본래 밝은 마음의 빛과 하나가 될 수 있다. 그래서 문수보살은 이렇게 말했다.

성 안 내는 그 얼굴이 참다운 공양구요 面上無瞋供養具
부드러운 말 한마디 미묘한 향이로다. 口裏無瞋吐妙香
진실하고 깨끗하여 티가 없는 그 마음이 心裏無瞋是珍寶
언제나 한결같은 부처님 마음이네. 無染無垢是眞常

3

거
두
기

도토리 줍기

요즈음 매일 도토리를 주우러 다닌다. 포행 겸 운동을
한다 생각하고 반야암 주위에 있는 숲속의 도토리나
무 밑을 찾아다니며 도토리를 줍는다. 구절초 꽃향기
속에 산중의 가을 운치를 한없이 느끼면서 도토리 줍는 즐거움으로
나날을 보내고 있다.

바야흐로 산거山居의 즐거움을 톡톡히 누리는 계절이다. 당뇨 주
의 경고를 받고 자주 혈당을 체크하면서 지내는 나는 주위로부터 산
보를 하면서 걷기 운동을 하라는 권고를 많이 받았다. 부지런히 매

일 걷기를 하라고 병원에서뿐만 아니라 아는 사람들까지 이구동성으로 충고를 했다. 지난 봄 『걷기 명상』이란 책을 낸 부산의 조성래 선생은 가끔 전화를 걸어 걷기 운동을 하고 있느냐고 점검까지 하니 운동을 하지 않을 도리가 없다. 그 바람에, 전에는 하지 않던 걷기 운동을 하게 되었다. 그러니 도토리 줍기의 즐거움은 덤으로 얻은 선물 같은 것이다.

올해는 도토리가 풍년인 것 같다. 한 나무에서 매일 주워도 자꾸 떨어져서 주우러 갈 때마다 수십 개씩 줍는다. 나무에서 갓 떨어져 윤기가 나는 도토리를 발견하면 기분이 참 좋다. 도토리를 보는 순간은 보물찾기를 하다가 무엇을 찾았을 때처럼 반갑고 상쾌한 기분이 든다. 눈에 보이는 것을 다 줍고 나서 다시 살펴보면 눈에 띄지 않게 숨어 있던 도토리가 또 나타난다. 눈에 보이는 도토리란 도토리는 다 주웠다고 생각했는데 못 보고 남겨둔 것이 있더라는 말이다. 그래서 나는 한 번 보고 줍는 것은 완전히 줍는 것이 아니라는 것을 알았다. 마치 원고를 쓰고 나서 맞춤법에 틀리게 쓴 글자가 있는지 찾아 교정을 해도 또 오타가 발견되는 것과 같은 이치였다.

도토리는 갈아서 묵을 만드는 식재료이다. 때문에 마을 사람들도 주우러 오고 등산하러 온 사람들도 배낭에 도토리를 주워 담아

거
두
기

간다. 나는 멀리 가지는 않고 내가 거처하는 방 뒤 숲에 있는 몇 그루의 나무와 구름다리 건너 돌탑 주위에 있는 몇 나무만 정해놓고 찾아다닌다. 열흘 이상을 다녔는데 어느 나무 밑에도 늘 떨어진 도토리가 있어 허탕을 친 적은 없었다. 가끔은 다람쥐가 먹다 남겨둔, 반으로 잘린 도토리가 눈에 띄기도 한다. 이 녀석들에게는 도토리를 갉아 먹는 독특한 습관이 있는데, 가로로 반을 잘라 위쪽만 먹고 아랫부분은 먹지 않는 것이다. 하지만 이게 습관인지 아니면 도토리가 하도 많아 배가 불러서 먹다 남긴 건지 나로서는 알 수 없다.

줍다 보면 도토리와 함께 상수리도 줍는다. 상수리는 가늘고 길쭉하여 도토리와 모양이 다르다. 둘 다 굴밤이라고 부르기도 하지만 상수리묵 맛이 일미인지라 도토리묵보다 상수리묵을 옛 사람들은 선호했다. 상수리는 가늘고 가벼워서 손끝에 와 닿는 촉감이 도토리만 못하다. 그래서 줍는 맛은 도토리가 낫다. 밤을 주울 때보다도 도토리 줍는 손끝이 더 재미지다. 바람이 휘릭 불 때는 도토리들이 후두둑 떨어지며 여기저기서 소리가 난다. 이 소리가 명곡의 곡조보다 더 좋게 들리기도 한다. 이런 걸 두고 원시적 혹은 원초적 자연의 음악이라 할 수 있지 않을까? 짧은 순간 스쳐 지나가는 소리지만 바람 소리, 물소리와는 또 다른 격조를 가지고 가슴에 긴 여운을 남긴다.

오늘은 계곡 옆에 서 있는 큰 참나무 밑으로 갔더니 어제 비가 오고 바람이 조금 분 탓에 계곡 물속에 도토리가 많이 떨어져 있었다. 물이 얕은 곳이라 물속으로 손을 뻗어 가에 있는 것을 주워낸 후, 손을 뻗어도 미치지 않는 물속에 떨어진 도토리는 마른 나뭇가지를 꺾어 하나씩 굴려서 끌어내 기어코 다 건져냈다. 욕심 때문이 아니라 즐거움 때문이었다. 공연히 우쭐해져서, 계곡에 떨어져 있는 도토리를 건져내본 적이 있느냐고 다른 사람들에게 묻고 싶었다.

도토리를 건져내고 계곡에 앉아 숲속을 바라보면서 율곡 이이가 지은 가을 시 한 편을 읊조렸다.

약초 캐다 갑자기 길을 잃었네. 採藥忽迷路

산봉우리마다 단풍이 물들고 千嶂秋葉裏

산에 사는 스님은 물을 길어 가더니 山僧汲水歸

차를 달이는지 숲 끝 저쪽에 연기가 난다. 林末茶煙起

연륜의 나이테가 또 하나 입혀지게 되었다. 한 살을
더 먹으면서 다시 이런저런 상념에 잠겨본다. 오고
가는 세월을 바라보며 지나간 인생의 파노라마를 떠
올리면 사람이 사는 것도 한 줄기 강물처럼 흘러간다는 사실이 선명
하게 의식된다. 흔히 불교에서는 윤회를 강물에 비유하여 윤회의 강
물이라 하기도 한다. 나고 죽는 생사를 거듭하는 윤회가 아니더라도
기실 우리는 한 생애를 살면서 수많은 윤회를 거듭한다.

윤회란 산스크리트어 삼사라ṣaṃsāra를 번역한 말로 '강물처럼 함

께 달려간다'는 뜻을 가지고 있다. 이를 요즘 시각으로는 '헤매다'라는 뜻으로도 볼 수 있다. 때문에 나그네의 여정처럼 공간적 거리를 두고 내왕하는 것이나, 윈둘레를 타고 돌듯 시간이 흐르는 사이클도 모두 윤회의 개념 안에 들어간다.

사람은 누구나 지나간 세월 속에 숱한 헤맴의 사연들과 우여곡절을 겪으며 아슬아슬하게 걸어온 과거사를 간직하고 있다. 그것이 오늘의 자신을 있게 한 인행因行이 되었다고 볼 수 있지만, 때로는 아픈 상처로 남아 차라리 잊어버리고 싶은 기억이 되는 것들도 있다. 하지만 그런 기억들이 하나로 고정된 것은 아니다. 지금의 처지에 따라 과거는 얼마든지 새롭게 재생된다. 현재의 상황이 나아지고 세상을 달관하는 눈이 열린 사람에겐 그 쓰라렸던 아픈 상처도 아름다운 경험의 꽃이 되어 생의 의미를 되살려주는 영양제가 될 것이다. 반면에 현재가 절망스러운 사람에게는 과거의 영화스러웠던 일들도 쓸쓸한 기억의 잔재에 불과하므로 무상을 절감하게 하는 하나의 시그널이 되어버린다. 추억이 아름답게 느껴지거나 슬프게 느껴지는 것은 지금 나의 행복과 불행에 따라 결정되는 것이다.

꿈을 키우며 성장하던 유년 시절에는 누구나 넓은 초원을 가로질러 달리고 싶은 푸른 꿈을 품는다. 하지만 봄에 돋아난 새싹이 풍우를 만나지 아니할 적엔 순조롭게 성장하여 어서 꽃을 피우고자 희망하다가도 비바람에 시달려 뜻하지 않게 꽃대가 꺾이는 수난을 당하듯, 인생에서도 그와 같은 일들이 허다하게 일어난다. 인생에는 봄의 꽃밭이 있는가 하면 꽃도 피지 않는 황량한 들판도 있다. 또한 추풍 속에 떨어져 흩날리는 낙엽의 시절도 있고 인동초처럼 살아야 하는 인고의 세월도 있다.

세월 따라 사는 것이 시절인연이듯이 인생은 좋은 사연과 궂은 사연을 동시에 지니고 있다. 뿐만 아니라 사람의 생각은 모든 즐거움과 괴로움의 경계를 전이할 수 있는 슬기를 담고 있다. 슬픔도 찬란한 슬픔으로 전환하고 괴로움도 위대한 괴로움으로 업그레이드할 수 있는 여지가 있는 것이다. 다시 말해 아무리 슬퍼도 마음은 그 슬픔 이상으로 더 큰 것이며 아무리 괴로워도 마음은 그 괴로움보다 더 높은 차원에 있다.

이것이 바로 마음 자체의 공덕이다. 절망을 이기지 못하고 자살해 죽으려던 사람이 한 생각을 돌이켜 자살을 단념하고 다시 고통을 감내할 용기를 가진다면, 이것이 바로 마음의 공덕을 살리는 것이 된다. 이 공덕의 마음이 자기의 순수한 본래 마음이다. 그리하여 불교에서는 우리에게 그 마음으로 돌아가라고 가르친다.

헤르만 헤세의 소설 『싯다르타』에서 싯다르타는 강가에서 강물을 응시하다가 영혼의 한구석에서 피로에 지친 생의 먼 과거로부터 들려오는 한마디 울림을 듣는다. 싯다르타는 강가에서 '옴'이라는 신성한 소리를 듣고 까마득하게 잊고 지냈던 생명의 불멸을 깨닫는다. 불교의 진언에 자주 등장하는 '옴' 자는 '아, 오, 마'의 합성어로 소리의 시작과 중간, 그리고 마침을 뜻한다. 말하자면 완성을 뜻하는 말이 바로 '옴'이다. 이 '옴' 소리를 듣고 영혼이 깨어나, 싯다르타는 비로소 완성되어 있는 자기를 찾아낸 것이다.

자신을 바로 세우기란 참 힘든 일이다. 해가 오고 가는 세월의 어귀에서 유유히 흘러가는 세월의 강물을 바라보자. 강물의 소리가 영혼에 들려올지 모른다. 그 소리가 잠자는 영혼을 깨우면 그때 비로소 자신을 바로 세울 수 있으리라.

거
두
기

두 가지 복 이야기

살면서 복을 누리고 싶어 하는 것은 모두의 공통된 경향일 것이다. 복 많이 받으라는 말이 인사로 자리 잡은 것도 바로 사람의 이런 경향 때문으로 보인다. 소위 '행복'이란 복을 만나 다행하게 사는 것이다. 불우하지 않고 고통에 시달리지 않고 즐겁게 사는 것이 행복이라는 말이다. 행복을 무엇으로 보느냐는 사람마다 차이가 있겠지만 세속적인 가치 기준은 이미 예로부터 서 있었다. 동양에서는 오복五福을 들어 행복의 표준으로 삼았다.

첫째, 오래 사는 것이 복이다. 그리하여 수복壽福을 맨 처음으로 두었다. 둘째, 부자로 사는 것이 복이다. 가난이 고통을 가져오므로 의식주를 잘 갖추어 배고프지 않게 먹고 춥지 않게 입고 살아야 한다는 것이다. 셋째, 강녕康寧이라 하여 몸이 건강하고 마음이 편안한 것을 복으로 삼았다. 몸이 병에 걸리지 않고 정신이 건강하고 평화로워야 편안한 삶이 가능하기 때문이다. 넷째, 유호덕攸好德이라 하여 남으로부터 좋은 말을 듣고 어진 덕이 있어 사람 사이에 신뢰와 존경을 받는 것을 복으로 보았다. 마지막 다섯째는 고종명考終命으로 임종을 편안하게 맞는 것이다.

이상의 다섯 가지 복을 다 누리고 살았다면 복 많이 받고 잘 산 인생이라는 말인데, 이 오복이 꼭 인생을 올바르게 살게 하는 것인지는 의문이다. 복 많이 누리고 산 사람을 꼭 잘 산 사람이라고 평가할 수 없을 것 같은 생각이 든다. 인류 역사상 유명한 위인들 가운데 위에서 언급한 복을 전혀 누리지 못하고 산 사람들이 많다. 인류에 이바지할 큰 발명을 하고도 힘들게 살다가 요절한 발명가도 있으며, 불후의 명작을 남기고도 불우한 생애를 산 예술가도 많다. 또 나라를 위하여 목숨을 바친 순국열사들의 생애를 보면 고난이라는 단어밖에 떠오르지 않을 때가 많다.

거두기

이런 점에서 보면 세속적 복이란 내가 남보다 잘되기를 바라는 이기적인 바람에서 나온 것이라고 할 수 있다. 일신의 영달이란 남과 고통을 함께 나누는 인류적인 큰 덕이라 할 수 없기 때문이다. 벼슬이 높아도 청백리 정신으로 산 고관들이 옛날에도 있었는데 이들은 치부를 하려 하지 않았다. 말하자면 스스로 안빈낙도를 즐긴 사람들이었다. 이들이 누리는 복을 청복淸福이라 했다. 맑고 깨끗한 복이라는 말이다. 사실 청복은 치부 등의 복이 없는 경우인데 이 청복이 더 귀한 복이라고 주장한 사람이 있다. 다산 정약용의 어록에 나오는 청복과 열복熱福에 대한 이야기를 소개한다.

사람이 삶을 연장하여 오래 살기를 원하는 것은 어째서인가? 세상에 온갖 복락이 있어도 장수하지 않고는 누릴 수 없기 때문이다. 하지만 세상에서 말하는 복이란 것에는 대저 두 가지가 있다. 깊은 산속에 살며 거친 옷에 짚신을 신고 맑은 못가에서 발을 씻으며 노송에 기대 휘파람을 분다. 집안에는 거문고와 고경古磬을 놓아두고 바둑판 하나와 책 한 다락을 갖추어둔다. 마당에는 백학 한 쌍을 기르고, 기이한 꽃과 나무 및 수명을 늘리고 기운을 북돋우는 약초를 심는다. 이따금 산승이나 우객羽客과

서로 왕래하며 소요하는 것을 즐거움으로 삼아 세월이 오고 가는 것도 알지 못한다. 조야朝野가 잘 다스려지는지 어지러운지에 대해서도 듣지 않는다. 이런 것을 청복이라 한다.

외직에 나가서는 대장군의 깃발을 세우고 관인官印을 허리에 두르며 노랫소리와 음악소리를 벌여놓고 어여쁜 아가씨를 끼고 논다. 내직으로 들어와서는 높은 수레를 타고 비단 옷을 입고 대궐 문으로 들어가 묘당에 앉아 사방을 다스릴 계책을 듣는다. 이런 것을 열복이라 한다.

사람이 열복과 청복 가운데서 택하는 것은 다만 그 성품에 따른다. 하지만 하늘이 몹시 아껴 잘 주려 하지 않는 것은 바로 청복이다. 그래서 열복을 얻은 사람은 아주 많지만 청복을 얻은 사람은 몇 되지 않는다.

불교에서는 세속의 오욕락, 곧 재물, 여색, 음식, 명예, 수면을 탁복濁福이라 한다. 이 복들을 누리면서 정신이 탁해지기 쉽다는 뜻이다. 가치로 말하면 탁한 것보다 맑은 것이 낫다. 탁복에 도취되어 인생을 흐리게만 해서는 잘 살았다 할 수 없을 것이다.

기억할 건, 열복을 추구할 때는 남과의 경쟁이 불가피하며 때로는 남에게 피해를 주는 수가 있지만 청복은 그렇지 않다는 사실이다. 다시 말해 열복은 나쁜 업이 만들어져 그 과보가 내게 괴로움을 주지만 청복은 열복처럼 나쁜 과보가 오지 않는다. 그러기에, 알고 보면 사람이 청복에 대한 향수도 누구나 가지고 사는 것이다. 다만 세속의 인습에 의해 열복 쪽으로 기울어져 사는 것이 아닐까?

경북 영천에 있는 은해사 박물관에는 진귀한 유물 하

나가 전시되어 있다. 꼬리를 치켜든 사자상 위에 불

꽃을 위로 달고 있는 듯한 타원형의 유물인데, 바로

업경대業鏡臺이다. 업을 비춰 보인다는 이 거울은 원래 염라대왕이 있

는 명부에 있다는 물건이다. 이 물건은 거울이 돌면서 비춘다 하여

업경륜業鏡輪이라고 불리기도 한다.

사람이 죽어 저승에 갔을 때 염라대왕이 이승에서 지은 인간의

죄업을 심판한다는 설은, 흔히 중국의 도교사상에서 있어온 사후

의 이야기가 불교에 흡수되어 지장신앙 등과 연결된 것으로 이해된다. 하지만 사실 고대 인도에도 이미 업경대 이야기는 있었다. 중국의 현장 법사가 인도에 가 있을 때 바라나국의 어느 절에서 돌기둥으로 되어 있는 업경대를 보았다는 기록이 『대당서역기』에 나온다.

업이란 사람이 하는 행위를 두고 하는 말로 산스크리트어 까르마karma를 번역한 말이다. 이 말은 사람이 어떤 행위를 했을 때 그 행위의 에너지가 어딘가에 쌓이게 된다는 뜻이며, 이렇게 쌓인 업의 에너지에 의해 일어나는 힘을 업력이라 한다. 중생이 살아가는 데서 업은 삶을 영위하는 동력이 된다.

업은 도덕적인 성질에 따라 선업과 악업으로 나뉘며, 인과에 따라 업의 성질에 맞는 결과가 따른다. 식물이 종자에 따라 제 싹이 나는 것처럼 업이 종자가 되어 그에 상응하는 과보가 온다는 말이다. '콩 심은 데 콩 나고 팥 심은 데 팥 난다'는 속담처럼 선한 업에는 선한 결과가, 악한 업에는 악한 결과가 따른다.

가령 악업을 많이 지은 중생은 사후에 지옥으로 가게 되는데, 지옥에 가면 업경대 앞에 서서 생전에 지은 죄를 염라대왕에게 자술한다. 이 자술을 두루마리에 적어 저울에 달아 보고 그 무게에 따라 어떤 지옥의 고통을 받는지가 결정된다.

사람의 행위는 세 가지로 구분된다. 곧 신체적 행위인 신업身業, 언어적 행위인 구업口業, 사고적 행위인 의업意業이다. 이를 총칭하여 삼업三業이라 일컫는다. 이 세 가지 업이 모두 행위의 당사자가 상속받아야 할 업감業感을 만드는데, 오직 이것만이 업을 지은 자의 곁을 영원히 떠나지 않는다. 따라서 내가 가지고 있는 것은 내 업밖에 없다. 내 몸도 영원히 내가 가지고 있을 물건이 되지 못하며 재산이나 기타 소유품도 영원한 내 것이 못 된다. 이런 것들은 일정한 기간이 지나고 나면 모두 못 쓰게 되지만 업은 그렇지 않다. 유효기간이 없다는 말이다.

그런데 대승불교의 후반에 와서 새로운 방편설이 등장하여 이 업도 소멸할 수 있다는 주장이 나왔다. 바로 참회설懺悔說이다. 가령 내가 과거에 지은 나쁜 업이 있을 때 이 나쁜 업을 소멸시키기 위하여 수행을 하면 내 삶에 장애 요인으로 작용하는 업장이 소멸된다는 것이다. 마치 분필로 칠판에 쓴 글씨를 지우개로 지울 수 있는 것처럼 내가 지은 업을 수행을 통해 소멸시킬 수 있다는 것이다.

참회는 삼세, 곧 과거, 현재, 미래의 업을 좋도록 하는 복을 짓는 인연이 되기도 한다. 그리고 불교에서는 사람의 생이 전생에서 금생, 그리고 내생으로 이어지는 것으로 본다. 나고 죽는 생사의 반복을 윤회라 하며, 여섯 가지 세계에서 나고 죽기를 반복한다 하여 육도윤회설을 말한다. 육도윤회설에 따르면 인간 세상에서 지은 업이 기준이 되어 선업이 많을 때는 천상이나 인간 세상에서 다시 태어나며, 악업이 많을 때는 그 경중에 따라 지옥도나 아귀도, 축생도에 가서 태어난다. 아수라는 천상 옆에 있는 싸우기 좋아하는 무리들을 말하는데, 불법을 들은 선근 인연이 있어 선도에 넣기도 하나『법화경』등에서는 악도로 취급하기도 한다.

이러한 윤회설을 기준으로 바라보면, 인간의 한 생애는 우리가 살아가는 일상생활 속의 하루와 본질적으로 같다. 오늘이 내 한 생애의 전부가 아니듯이 금생이 내 인생의 전부가 아니라는 말이다. 이렇게 세세생생 다겁다생으로 계속 이어지는 전생, 금생, 내생이 계속되지 않게 하는 것을 윤회를 '끊는다'고 한다. 그리고 이것이 불교 수행의 목적이다. 불교에서 수행이 완성된 경지를 뜻하는 '해탈'이나 '열반'이란 윤회에서 벗어났다는 것을 뜻하는 말이다.

사람은 언제나 자기의 업을 살피면서 살아야 한다. 자칫 지옥으로 미끄러져 떨어질 수 있기 때문이다. 중생이 사바세계에 태어나 사는 것은 업을 짓는 일이기 때문에 내가 짓는 업이 좋은 업인가 나쁜 업인가를 살펴보라고 업경대는 우리에게 말하고 있다.

그런데 업경대는 꼭 저승에만 있는 물건일까? 아니다. 죽어 저승에 가지 않아도 누구나 자신의 양심에 비추어 보면 잘못된 업은 그대로 드러나는 법이다. 그렇기 때문에 사람의 양심이야말로 진정한 의미의 업경대이다.

마음이 비워지면 부처에 합격한다

중국 당나라 때 어느 고승의 일화에 나오는 이야기다.

출가하기 전에 이 스님은 과거에 응시하고자 글공부를 열심히 했다. 여러 해를 부지런히 공부하여 드디어 과거에 응시하고자 장안을 향해 길을 떠났다. 도중에 그는 우연히 어느 스님을 만나 동행을 하게 되었다. 두 사람은 서로 인사를 나누며 이야기를 주고받았다. 스님이 선비에게 어디로 무엇 하러 가느냐고 묻자, 선비는 과거에 응시하러 장안으로 간다고 대답했다. 그러자 스님이 잠시 있다 혼잣말처럼 중얼거렸다.

"과거에 합격하는 것이 부처에 합격하는 것만 못할 것이오."

이 말을 들은 선비는 부처에 합격하는 것이 무엇이냐고 되물었고, 물음에 답하는 스님의 이야기를 듣다가 그만 그 스님을 따라 절로 들어가 스님이 되어버렸다.

부처에 합격한다는 말에 이상한 호기심이 생겨 출가하고 말았다는 이 일화에는 가장 성숙한 인간의 마음이 무엇인지에 대한 암시가 숨어 있다. 세속의 입장에서는 이상하게 들리겠지만, 입신출세하여 부귀공명을 누리려는 마음의 욕구가 사라질 때 인생이 자유로워지며 삶의 의미를 만끽할 수 있다는 메시지가 바로 그것이다.

'마음이 비워지면 부처에 합격한다'는 말이 있다. 지식을 채우는 것이 아니라 마음에 일어나는 번뇌와 망상이 없어지고 이기적인 자기 집착이 떠나갈 때 부처에 다다를 수 있다는 뜻이다. 물론 중생에게 부처의 마음을 갖고 살라고 할 수 없는 세속의 환경적 제약이 있긴 하지만, 마음이 비워져야 정신 공간이 열리고 사회의 숨통이 트이는 것은 사실이다.

현상계에 존재하는 모든 사물은 끌어당기는 인력引力과 밀어내는 척력斥力을 가지고 있다고 한다. 어쩌면 이를 우주가 가지고 있는 생명의 힘이자 자연계가 가지고 있는 집착 현상이라고 할 수 있을 것

거
두
기

이다. 그런데 이 집착에 의해서 빅뱅이 일어나고 별이 생긴다고 한다. 우주의 원리가 이러한 분열과 통합의 논리로 설명되는 것이라면, 인간 사회의 제반 현상을 군이 염려할 것 없이 하나의 자연적인 추세로 보면 그만일 수도 있다. 그러나 병에 걸렸을 때 병을 방치하지 않고 적절한 처방을 내리듯, 지나치게 집착된 마음 씀씀이로 사회에 악영향을 불러올 때는 마음을 비우는 사람들이 좋은 본보기를 보여주어야 한다.

그런데 작금의 우리 사회에는 마음을 비우고 순수한 자연인으로 돌아가는 모범을 보여주는 정신적 스승을 만나기 어려운 것 같다. 물론 스승이 될 만한 인물들이 숨어 있는 탓도 있겠지만, 이기적인 집착이 너무 강하게 두드러져 보이는 현실은 간과할 일이 아니다. 집착의 끝은 무너지는 것이다. 무너짐이란, 안으로는 자아 분열의 빅뱅이 오는 것이고 밖으로는 자아 폭발로 생겨난 파편이 누군가에게 상처를 주는 것이다.

얼마 전 어느 분의 문병을 간 일이 있었다. 주위의 말에 의하면, 그는 암 선고를 받은 매우 딱한 처지에 있는 사람이었다. 그런데 이 사람의 말을 듣고 나는 적이 감동을 받았다. 죽음에 대한 공포 따위를 초월한 성자처럼, 그는 마음을 비워 죽음을 받아들일 준비를 하고 있으니 오히려 마음이 편안하다고 했다. 조금 오래 살고 일찍 가는 차이일 뿐 어차피 인생은 무상한 것이 아니냐고 담담하게 말하는 그는 무척 편안한 모습이었다.

마음이 비워지면 부처에 합격한다. 그렇다. 마음을 비우면 내가 편안해지고 남을 편하게 해줄 수 있다.

달력이 없어도 봄은 온다

봄의 화신이 하늘에서부터 산과 들로 내려앉는 때이다. 양지 쪽 어디에선가 새싹이 움트는 소리가 들리는 것 같다. 만물이 소생하는 봄의 환희로운 기운은, 마음에서 묵은 먼지를 털어내고 새로움을 담고 싶어 하는 서정적 감성이 우리 내면에서 물씬물씬 일어나게 만든다. "산중무일력山中無日曆춘래초자청春來草自靑"이라, 무심히 세월을 잊고 살다가도 홀연히 눈에 들어오는 산색山色을 보고 봄이 온 줄 아는 법이다.

시간을 다투며 매사에 분주하기만 한 현대인의 생활은 템포가 자꾸만 빨라져간다. 그리하여 현대인은 마음의 여유를 갖고 세상을 관조하는 정신적 공간을 상실한다. 마음이 급해져 허둥대기 일쑤이고, 침착성과 신중함이 결여되어 감정적인 실수가 잦아지며, 사사건건 갈등을 일으키기 십상이다. 이게 정말 잘 사는 것인지 알 수가 없다.

중국 당나라 때 조주 종심 선사가 있었다. "조주는 옛 부처"라고 일컬어졌던 큰스님으로 선과 관련한 많은 일화를 남기기도 했다. 참선 공부할 때 많은 수행자가 참구하는 유명한 '무無' 화두와 '뜰 앞의 잣나무', '차나 마시게' 등이 모두 조주 선사로부터 나온 것이다. 그로 인해 간화선의 선풍이 크게 일어났다.

선사로서 크게 이름을 날렸던 조주 선사는 장수를 한 스님으로도 잘 알려져 있다. 그의 행장에는 120세를 누렸다고 전한다. 어느 날 한 사람이 조주 선사에게 찾아와 오래 사는 비결이 무엇이냐고 물었다. 이에 그는 대답하기를 "남들은 시간의 부림을 당하고 살지만 나는 스스로 시간을 부리고 산다."라고 했다. 이 말은 시간 의식에 지배되어 쫓기며 사는 것이 아니라 해를 모르고, 달을 모르고, 날짜와 시간을 모르고, 시간에 구애됨이 없이 살고 있다는 뜻이다.

조주 선사의 이 말은 어쩌면 세상의 모든 것을 초월하여 현실을 외면하고 사는 은둔자의 파격적인 이야기 같지만, 각박하게 살아가는 현대인들이 한 번쯤 음미해볼 만한 이야기가 아닌가 한다. 우리는 바쁘다는 핑계로 자기를 마주하는 시간을 갖지 못하고 곧잘 눈앞의 허상만을 따라 움직이는 꼭두각시가 되곤 한다. '나는 누구인가?'라는 자기 정체에 대한 진실 찾기를 스스로 포기하고 밖에서만 무언가를 찾으며 엉뚱한 집착으로 삶을 낭비하고 있는 것이다.

선가에 전해지는 다음과 같은 이야기가 있다. 어떤 사람이 봄을 찾아 자기 집을 나섰다. 그는 하루 종일 산비탈 들머리를 헤매고 다니면서 봄을 찾았다. 짚신이 다 닳도록 찾아 헤맸으나 끝내 봄은 보이지 않았다. 해가 저물 무렵, 그는 결국 아무 데서도 봄을 찾지 못한 채 자기 집으로 돌아왔다. 집으로 돌아왔을 때, 그의 눈에 담장 가의 매화나무 가지에 꽃망울이 터진 것이 들어왔다. 그는 이내 다가가 매화 꽃가지를 잡고 향기를 맡았다. 그 순간, 하루 종일 찾아 헤매던 봄이 그 매화꽃 향기 속에 있음을 알게 되었다.

인간이 찾는 행복이나 진리는 우리 안에 이미 있다. 그렇다. 모든 것은 마음에 있다. 이 내 마음 안에 내가 모르는 무엇인가가 있다. 한번 찾아보고 싶은 마음이 들지 않는가?

권세와 영예를 누리고픈 욕망은 사람의 본능인지도
모른다. 동서고금을 막론하고 '사람은 일단 잘나고
보아야 한다'는 게 상식이지 않은가. 그런데 '잘나다'
라는 말은 이중의 뜻을 담고 있다. 남이 하는 짓이 못마땅해 비난을
할 때 "너 참 잘났다." 하고 핀잔을 주는데, 이때 잘난 것이 돌연 못난
것이 되어버리는 일이 벌어진다. 이 역설은, 역사를 돌아보아도 적지
않게 발견할 수 있다.

당나라 때 명찬이란 스님이 있었다. 생몰연대가 밝혀지지 않았

으나 숭산 보적의 법을 이은 스님으로 되어 있다. 형악에 살 때, 그는 대중들이 하는 공동 작업을 같이 하지 않고 밥도 제대로 챙겨 먹지 않는 등 게으르기 짝이 없는 생활을 하여 대중으로부터 미움을 받았다. 천성이 게으른 그는 대중이 눈치를 주어도 부끄러워하거나 미안해하는 기색도 내비치질 않았다. 그런 그를 대중들은 나찬懶瓚이라 불렀다. 게을러 음식도 제대로 챙겨 먹지 못하고 남이 먹다 남은 찌꺼기를 먹는다는 뜻에서 붙여진 별명이었다. 이런 스님이었지만 가끔씩 매우 뜻 깊은 말을 한마디씩 했으므로 어떤 이들은 그를 대단한 도인으로 여겼다.

그가 남악사에 있을 때, 조정에 있던 이비李泌가 모함을 받아 남악사에 와 잠시 은거하고 있었다. 명찬의 행동을 관찰하던 이비는, 그가 보통 사람이 아님을 알아보고 어느 밤 남 몰래 찾아가 가르침을 청했다.

"말조심을 하시오. 10년 뒤에 재상이 될 것이오."

가르침을 받은 이비는 감사를 드리고 물러났는데, 명찬의 예언대로 10년 후에 재상이 되었다.

명찬은 또 이런 일화도 남겼다. 당시 국왕 덕종이 국사를 모실 스님을 물색하다 명찬의 명성을 듣고 사신을 보내 궁궐로 초빙했다.

사신이 찾아와 "천자께서 명령을 내렸으니 마땅히 그 은혜에 감사를 표하시오." 했다.

마침 명찬은 쇠똥을 모아 불을 피워 토란을 구워 먹고 있었다. 입가는 시커멓고, 길게 흘러나온 콧물이 토란과 함께 입으로 들어가는 중이었다. 사신의 말에 대꾸도 하지 않은 채 먹는 데만 열중하고 있는 명찬을 향해 사신들이 행장을 꾸리기를 재촉하면서 도와줄 것이 있으면 말씀하라 했다. 명찬은 말했다.

"조금 비켜서 주시오. 햇빛을 가리지 마시오."

명찬은 끝내 왕의 부름에 응하지 않았다. 이 이야기를 전해들은 덕종은 명찬을 더욱 흠모했다 한다.

햇빛을 가리지 말라는 명찬의 말은 고대 그리스의 철학자 디오게네스의 말과 우연하게도 일치한다. 인도 원정을 가던 알렉산더 대왕이 디오게네스를 만나러 갔는데, 마침 디오게네스는 반라의 몸으로 일광욕을 즐기고 있었다.

"선생이 훌륭한 철인이라고들 말하던데 무척 가난한 모양이요. 내게 뭐 도움을 청할 것이 없소?"

알렉산더 대왕의 물음에 디오게네스가 답했다.

"햇빛을 가리지 마시오."

거
두
기

디오게네스는 알렉산더 대왕에게 물었다.

"지금 어디로 가는 중입니까?"

"전쟁을 하러 인도로 가는 중이오."

"전쟁을 해서 무엇 합니까?"

"영토를 넓히고 나라를 더 강하고 크게 만들 것이오."

"그런 다음에는 어떻게 할 것입니까?"

"내 할 일을 다 하고 나면 좀 쉬어야 하지 않겠소."

이에 디오게네스가 큰 소리로 웃었다.

"쉬려면 지금 당장 나처럼 이렇게 쉬면 되지 전쟁을 하고 나라를 키우고 나서 쉴 게 뭐 있겠습니까? 대왕은 쉴 수 없을 것입니다."

성공주의, 업적주의가 때로는 인생을 멍들고 망하게 한다. 지금, 여기서 우리는 편안하고 밝아져야 한다.

부처의 탄생이다

중생의 탄생은

"성불하세요."

불교인들이 자주 나누는 인사말로, 상대방이 '부처가 되기'를 간절히 염원하는 뜻을 담고 있다. 깨닫지 못한 중생이 깨달은 부처가 되게 하는 것이 불교의 목적이므로 이 인사보다 더 좋은 인사는 없을 것 같다.

이 세상은 수많은 중생, 곧 갖가지 생명들이 태어나 늙고 병들어 죽는 곳이다. 생명이 없다면 이 세상에 무슨 의미가 있겠냐마는, 불교에는 생명으로 태어나는 것, 다시 말해 중생으로 태어나는 것을 부정적으로 바라보는 시선이 있다. 열심히 수행한 사람이 다시 중생으로 태어나는 걸 조금은 불명예스러운 사건으로 간주하는 분위기도 있다. 해탈, 열반을 최종 목표로 삼고 있기 때문이다.

가끔 생각한다. '중생이 없어도 부처가 나올 수 있을까?' 아닐 것이다. 쌀이 있어야 밥을 지을 수 있는 것처럼, 중생이 없이는 부처도 있을 수 없다. 불교에서도 역시 중생 따로 부처 따로 있다고 보지 않는다. 중생이 자기 존재의 실상을 제대로 자각하면 바로 부처가 된다고 본다. 존재의 실상이 바로 부처이며 그걸 깨달았으면 바로 부처의 일을 하자는 것이 불교다.

중생과 부처는 인과관계에 있으며, 이 인과는 동일선상에서 나타난다. 그러므로 근본적으로 중생과 부처가 동격이 된다. 경전에서도 이를 확인할 수 있다. 『화엄경』에서는 "마음과 부처 그리고 중생이 다르지 않다."라고 했고, 『유마경』에서는 "중생이 있는 곳이 보살의 정토다."라고 했다.

따라서 중생의 탄생은 곧 부처의 탄생을 의미하는 것이다. 같은 맥락에서 중생의 활동 혹은 인간의 활동은 기실 부처의 활동이다. 알고 보면 중생의 삶이 곧 부처의 삶이란 뜻이다.

그러면 중생의 본질이기도 한 부처란 무엇인가? 그것은 성숙된 최고의 인격 그 자체를 말한다. '불격佛格'이라는 말이 있다. '부처의 격'이란 뜻으로 성숙한 인격을 지칭하는 다른 표현이다. 이 말에서 '격格'은 이성으로 파악할 수 있는 절대평등의 모습으로서 순수한 인간성이 고스란히 자리하고 있는 곳을 가리키는 말이다. 이 불격이 발현될 때 삶의 평화와 자유가 제대로 누려진다. 사람은 누구나 본래 부처라는 지고의 가치를 품고 있으며, 이 가치를 누릴 줄 알면 삶의 평화(열반)와 자유(해탈)를 누릴 수 있는 것이다. 다만 이러한 가치를 누리기 위해서는 스스로의 번뇌에서 해방되어야 한다. 그러려면 먼저 이기주의적인 생각을 극복하는 연습이 필요하다. 이기주의를 극복하면 번뇌의 무게가 훨씬 가벼워지기 때문이다.

불교를 믿고 부처님의 가르침을 받아들이는 사람을 불자佛子라한다. 경전에서는 불자를 "부처님 입으로부터 태어나고 법으로부터 교화되어 태어난" 존재라고 설명하는데, 이 말은 부처님의 법문을 듣고 그것을 받아들여 정신적으로 다시 태어난 존재를 뜻한다. 업보에 의해 신체적으로 태어난 중생이 삶의 새로운 의미를 깨달아 정신적으로 다시 태어난다는 것은, 자기 존재의 본래 의미를 깨달아 이번 생에서 부처가 되고자 뜻을 세웠다는 말이다.

이렇듯 불교적 삶에서는 재탄생이 있어야 한다. 새가 알을 깨고 나오는 것처럼 무명의 껍질을 깨고 나와야 한다. 그러면 세상이 바뀐다. 사람이 모여 사람 사는 세상이 이뤄지므로 사람이 바뀌는 것 그 자체가 세상의 변화이기 때문이다. 예토의 세상을 정토의 세상으로 바꾸는 방법에는 다양한 길이 있겠지만, 사람이 정신적으로 다시 태어나는 것에서 나는 지구촌 위기를 극복하는 길을 찾고 있다.

인연의 빚

남에게 돈을 빌려 쓰고 갚지 못하면 빚을 지고 사는 것이다. 이 빚은 내가 갚아야 할 의무가 되어 거래상에서 내 입장을 약하게 만든다. 아무래도 빚을 진 사람이 빚을 놓은 사람보다 큰소리를 칠 수가 없기 때문이다. 빚을 못 갚는 딱한 처지가 되었을 때는 채권자에게 시간을 연장해달라는 등 사정을 하기 마련이다. 빚은 내 입장을 약하게 만들면서 나를 근심하게 만드는 불안 요인인 것이다.

그러나 사람은 빚 없이 살기가 매우 힘들다. 아니 사회라는 큰 범위에서 볼 때는 우리 모두 빚을 지고 사는 존재이다. 정신적으로 남의 도움을 받을 때도 빚을 지는 것이고, 생활 전반에 걸쳐 남의 신세를 지는 것도 모두 빚이라 할 수 있기 때문이다.

사실 사람 사는 일이란 빚 없이 진행될 수가 없다. 공동의 운명을 지니고 사는 공공관계도 모두가 빚으로 연결된 네트워크라 할 수 있다. 예를 들면 가게를 차려 물건을 파는 사람이 물건 사러 올 사람을 기다리는 경우를 상정해보자. 사고파는 상행위를 하기 위해서 가게를 차렸기 때문에 물건 사러 오는 사람이 없다면 그는 가게를 할 수 없다. 가게에 와 물건을 사주는 사람에게 그는 빚을 진다. 그 사람 덕분에 가게가 유지되는 숨은 사연이 만들어지는 것이다.

또 민주주의 국가에서는 선거를 통하여 대통령이나 국회의원 등 정치인을 뽑는다. 선거에 당선된 정치인들은 투표에서 자기를 찍어준 유권자들에게 빚을 진다. 지지해준 사람들 덕분에 당선되었기 때문이다.

이와 같이 보면 이 세상은 빚지는 세상이요, 빚 갚기 위해서 살아야 하는 세상이 된다. 이를 수치로 계산하지 못하는 인연의 빚이라 한다. 사람은 인연의 빚을 지고 산다. 이 빚이 없다면 살 수 없다.

수년 전에 나는 식도역류증이란 병을 앓은 적이 있었다. 여름 내

내 기침이 나고 가을이 되어도 감기가 낫지 않기에 지인의 권유에 따라 이비인후과에서 검사를 했더니 식도역류증이라고 했다. 위산이 넘쳐 식도를 타고 올라와서는 파도가 방파제를 때리듯 성대를 때리는 바람에 성대에 멍이 든 상태라고 했다. 말을 안 하는 것이 가장 좋은 치료법이니 목 쓸 일을 줄이라는 지침과 함께 두 달분 약을 처방해줬다. 그런데 약을 지어 먹는 중에 상태가 꾸준히 개선되는 게 아니라 나아졌다 나빠졌다를 반복했다. 상태가 조금 호전되면 말을 많이 할 수밖에 없었기 때문이다.

나는 주로 경전을 강의하며 살아온 업 때문에 말을 많이 하는 사람이다. 지금도 보통 1주일에 10시간 이상의 강의를 하면서 지낼 때가 많다. 이곳저곳 법회에 다니면서 강의하는 때도 많다. 그런데 몸 컨디션이 좋지 않아서 정말 가고 싶지 않은 마음이 되어 강의 청탁을 정중히 거절해도 거듭 부탁을 해오는 때가 있다. 이럴 때는 어쩔 수 없이 강의를 승낙하고 만다. 부탁하는 사람의 체면을 보아서라도 더 이상 사양을 할 수가 없는 경우가 생기더라는 말이다. 더구나 인간관계에서 맺어진 인연 때문에 수락할 수밖에 없는 때도 있다. 이럴 때 나는 인연의 빚이란 말을 생각한다.

'빚'이란 말은 부담스러움과 괴로움을 느끼게 하기도 한다. 오죽

거
두
기

하면 장자가 꿈에 나비가 되어 꽃밭을 날아다니며 꿀을 핥던 기분 좋은 꿈을 꾸고 깨어난 뒤에, 빚쟁이가 빚 받으러 올 것이 걱정되어 꽃밭을 날던 나비가 현실이고 빚 걱정을 하는 사람이 꿈이면 얼마나 좋을까 하고 생각했을까. 그러나 인연이 있다는 것은 빚이 분명히 있다는 것이다. 그리고 이 인연의 빚이 있어 내가 살 수 있다.

논리로 말하면 빚은 갚으면 되는 것이고 갚도록 노력하면 되는 것이다. 하지만 그게 어디 말처럼 쉬운가. 어떤 빚을 졌는지 알아도 갚기가 어려운데, 살다 보면 빚이 있다는 것조차 모르는 경우가 허다하지 않은가. 사실이 그렇다면 사람은 적어도 이 인연의 빚을 느끼면서 살아야 한다. 못 갚아도 이 빚을 상기하고, 돈 떼먹듯이 떼어먹으려는 생각은 하지 말아야 한다. 왜냐하면 인연의 빚은 나를 살려주는 고마운 것이기 때문이다.

세상은 인연의 아름다움으로 아름다워진다. 빚을 주고받는 사람의 마음은 본래 아름답다. 마음에 얹혀 있는 인연의 빚을 잘 다뤄서 본래 아름다운 마음의 빛이 잘 드러나도록 해야겠다.

물고기야 미안하다

어떤 분이 늦은 밤에 TV를 보다가 눈물을 흘렸다고 했다. 방영된 프로그램에 너무나 슬프고 안타까운 사연이 소개되었기 때문이다.

일곱 살 먹은 초등학교 1학년 아이가 집에서 나오는데, 웬 남자 어른이 서 있다가 손에 들고 있던 까만 비닐봉지에서 무언가를 꺼내 아이의 얼굴에 뿌렸다. 순간 이 아이는 비명을 지르며 실신을 했는데, 독성이 강한 염산을 얼굴에 뒤집어썼기 때문이었다. 이 아이는 주위 사람들에게 발견되어 급히 병원으로 옮겨졌으나 얼굴이 온통

일그러지고 심한 화상을 입어 생명이 위독했다.

도대체 어째서 이런 일이 일어났을까? 아이 아버지는 실직자였고 어머니는 미용사로 일했다. 아이는 어머니의 수입으로 근근이 생계를 이어가는 가난한 집안의 아들이었다. 부모는 가슴이 무너져 내렸다. 힘없고 가난하게 살아왔던 처지라 누구와도 원수질 일이 없었다. 누가 무엇 때문에 아들을 이렇게 만들었는지 아무리 생각해도 알 수가 없었다.

아이는 두 달 동안 사경을 헤맸다. 온 얼굴에 칭칭 붕대를 감고 숨 쉬는 콧구멍만 보이는 아이의 모습이 TV에 방영되었다. 아마 방송사 측에서 수술비가 없는 아이의 딱한 사정과 범인이 잡히지 않는 이 사건의 잔인성을 보도하여 사회에 경각심을 일깨우려 했는지도 모를 일이다.

그런데 이 아이가 TV 화면을 통해 내뱉은 독백 한마디가 가슴을 울리더라는 것이다. 이 아이는 개구쟁이로 놀 때 개울가에서 물고기 한 마리를 죽인 일이 있었다. 그 일이 불의의 참변을 당해 사경을 헤매고 있는 지금에 와서 새삼 아이의 머리에 떠올랐다. '물고기를 죽였기 때문에 내가 이렇게 죽어야 하는 걸까?' 어린 마음에 큰 두려움과 가책을 느낀 아이는 TV 화면에서 말했다. "물고기야 미안하다."

또렷한 아이의 음성이 전파를 타고 울렸다.

이튿날 아침 아이가 죽었다는 방송이 나왔다 한다. 물고기에게 사과를 하고 무참히 죽어간 이 아이를 우리 사회는 왜 보호하지 못했을까? 이런 사회를 만든 어른의 한 사람으로서 책임에서 자유로울 수 없다는 진실을 아프게 되새겨본다.

시
계
의

철
학

어떤 스님이 출가를 하여 절에 살고 있는데 한번은 이런 질문을 받았다.

"스님은 왜 스님이 되었습니까?"

이 물음에 스님은 이렇게 대답을 했다.

"우리 집 대문 밖에 큰 나무가 하나 있었는데 묘하게도 가지 네개가 사방으로 뻗어 각기 방향을 가리키고 있었어요. 어려서부터 나는 이 네 가지 중 한 가지가 마음에 들어 그 가지가 가리키는 방향으로 가고 싶은 생각이 들었답니다. 그러던 어느 날 무작정 집을 나와 내가 좋아하는 가지가 가리키는 방향으로 갔지요. 그랬더니 절이 나오기에 그냥 절에 들어와 살게 되었습니다."

사람은 모두 자기 인연의 길을 가고 있는 존재다. 설사 아무 주관 없이 남 따라 장에 가는 식으로 사는 사람이 있다 하더라도 그 역시 인연의 길로 보아야 한다. 이 인연의 길이 바로 인생길이다.

잠 못 이루는 사람에게 밤이 더욱 길고,
피곤한 나그네에게 갈 길이 더욱 멀다.

『법구경』에 나오는 이 구절처럼 인생길은 사람에 따라 길기도 하고 짧기도 하다. 물리적 혹은 시간적 거리가 길고 짧은 것이 아니라 삶의 무게에 의해서 길고 짧은 인생 도정이 정해진다는 뜻이다. 임중도원任重道遠이라는 말처럼 책임이 무거우면 길이 멀다. 그리고 그 무게를 결정하는 것은 바로 인연과 그것의 짝인 과보이다.

과거의 원인은 현재의 결과이면서 동시에 미래의 원인이 된다. 이렇게 과거와 현재, 미래를 통해서 인연과 과보는 항상 겹으로 붙어 있다. 따라서 인생은 영원히 끝나지 않는 연속극과 같다. 인생이란 결코 단막극으로 끝나지 않는다. 세세생생으로 이어지는 삶 속에

거
두
기

서 끝나지 않는 길을 가는 유랑의 신세를 중생은 면할 수가 없다. 인연이 만드는 과보의 무게를 어깨에 짊어지고 계속 가는 수밖에 없는 것이다.

시계는 시간을 정확하게 가리켜야 한다. 그래서 결코 멈출 수 없다. 시계의 이런 속성이 우리네 인생과 많이 닮아 있다. 인생 역시 시계처럼 멈추지 않고 인과를 정확하게 따르며 진행되기 때문이다. 살다 보면 주위에서 인과를 거스르려는 이와 만나는 경우가 있다. 인과를 거스르는 것은 있을 수도 없지만 혹여 있다 해도 그것은 더 이상 인생일 수가 없다. 고장 난 시계가 더 이상 시계로 기능할 수 없듯이.

4

나
누
기

제발 잘되어 주시오

법회를 할 때마다 법당에 들어가 기도를 하고 축원을 한다. 부처님께 우러러 고하면서 나 자신의 소원을 빌기도 하고 다른 사람들의 소원을 대신 빌어주기도 한다. 평소에 많은 시주 은혜를 입고 사는 나이기에, 내가 진심을 다해 부처님께 올리는 축원이 불보살의 가피를 얻어내어 이루어지기를 간절히 바라면서 그렇게 한다.

그런데 축원을 해주고 사는 내 입장에서 참으로 안타까운 일이 벌어지는 경우가 더러 있다. 바로 평소에 신심 있고 착하고 어진 사람들이 뜻하지 않은 불행한 일을 당했다는 소식을 들을 때이다. 이러한 소식을 들으면 마음이 안타깝다. 불전에 기도도 열심히 하고 평소에 착하고 어질게 살았는데, 왜 몸이 아파 일찍 돌아가거나 어렵고 고통스러운 일을 당하게 되는지…. 가슴이 막히는 것 같은 난감하고 답답한 기분에 어찌할 바를 모를 때가 있다.

또 한편으로는, 이런 일이 일어나면 왠지 나와 절의 체면이 서지 않는 것 같은 기분이 들기도 한다. 길흉화복이 사람 마음대로 되는 것도 아니고 행복과 불행은 동시에 존재한다는 게 진리이긴 하지만, 잘되어야 할 일이 잘되지 못하면 축원자로서의 체면이 말이 아닌 것이다. 그래서인지 누군가에게 축하할 좋은 일이 생겼다는 소식이 들리면 정말 기분이 좋고 신이 난다. 설사 나와 직접 관계가 없었던 경우에도 공연히 내 체면이 서는 것 같고 하여, 어느새 나는 남이 잘되었다는 소식을 들으면 체면이 서는 사람이 되었다.

사람 사는 이치가 이왕이면 잘되어야 좋은 법이다. 우리네 인생살이가 잘되는 방향으로 목표가 설정되어 있는 것이기에 확실히 내가 잘될 때 나의 체면도 선다. 어떤 때는 내가 체면이 없으면 나의 권속도 체면이 없게 되므로 한 사람의 체면이 여러 사람의 체면을 살리기도 하고 죽이기도 한다.

그래서 나는 진담을 반쯤 섞어서 마음속으로 가끔 이런 농담을 던지고는 한다.

'제발 모두 잘되어서 내 체면 좀 세워주시오.'

속이 썩어야 바가지가 된다

씨를 심지도 않았는데 어디서 씨가 떨어졌는지 반야암 뒤뜰에 박이 자라 덩굴을 뻗더니 마침내 제법 큰 박이 하나 열렸다. 여름내 박이 자라는 모습을 관찰하다가 고개를 갸웃한 일이 하나 있었다. 농촌에서 자란 나는 어릴 적에 초가집 지붕에 박이 열리는 것을 수없이 보았다. 그때 박은 해가 진 저녁에 꽃을 피웠다. 그래서 내 머릿속에는 '박꽃은 저녁에 피는 꽃'이라는 상식이 자리 잡고 있었다. 그런데 반야암 뒤뜰의 박에서는 아침에 꽃이 피어 낮 동안 그대로 열려 있었다. 이

상했지만, 가을 코스모스가 여름에 피는 경우처럼 예외적인 현상이겠거니 싶어 그냥 넘어갔다.

지난 11월, 인도 불교성지 순례 중 낮에 피어 있는 박꽃을 또 보았다. 더운 지방이라 그런가 보다 하며 넘어가려 했는데 다시 어릴 적 기억에 발이 걸렸다. 그런데 이번에는 그냥 넘어가지지를 않았다. 밤에 피던 박꽃이 낮에 핀다 생각하니 내 의식에 몸살이 왔기 때문이었다. 무언가 균형이 이지러지는 것 같았다. 마치 미국 같은 먼 나라를 오래 여행하다 돌아오면 시차적응이 안 되어 몸의 컨디션이 정상이 아닌 것처럼, 박꽃이 낮에 핀다 생각하니 의식에 혼란이 왔다. 사람이 기존의 고정관념을 깨기가 참으로 어려운 일이라는 사실을 새삼 깨달았다.

다시 박 얘기로 돌아가면 내 머릿속에는 아직도 동화 속의 그림 같은 풍경이 남아 있다. 여름 달밤, 초가지붕에 활짝 피어 달빛을 흠뻑 받던 박꽃의 모습이 생각나면 머릿속이 환해지는 것 같은 기분을 느낀다.

박은 인간에게 매우 유용한 식물이었다. 가난한 시절에는 식용으로 쓰여 박나물의 맛을 일미로 치기도 했다. 또 박을 타서 생활 필수품인 바가지를 만들어 써온 오랜 역사도 있다. 흥부와 놀부의 이야기에 나오는 것처럼 때로는 인간에게 복을 주는 상징물로 여겨진 것은 박이 그만큼 유용한 식물이었기 때문일 것이다. 또 한 가지, 박은 겉보다 속이 깨끗하다. 박을 타면 하얀 박속이 나오는데 그 색깔이 너무나 하얗고 뽀얗다. 얼굴색이 맑고 좋은 사람에게 박속같다고 말하는 건 이 연유에서다.

바가지는 보통 제때 자란 올박을 타서 속을 파내고 껍질을 말려 만든다. 늦게 열린 늦박은 올박처럼 껍질이 단단하지 않고 말리면 쭈그러들기 때문이다. 그런데 늦박도 올박처럼 정상적인 바가지로 만들어 쓰는 비법이 하나 있다. 바로 논의 진흙 속에 늦박을 파묻어 두었다가 바가지를 만드는 것이다. 늦박이 진흙 속에서 여러 날을 보내면 박속이 모두 썩어 녹아버리는데, 박속이 썩어 없어지면서 박 껍질을 단단하게 만들어준다. 이렇게 처리한 늦박 껍질은 올박 껍질과 마찬가지로 쭈그러들지 않고 튼튼해서 바가지 구실을 너끈히 해낸다. 그릇이 귀하던 시절 사람들은 이렇게 무엇 하나 허투루 버리지 않고 쓰임새를 찾아냈다.

사람에게도 박처럼 속이 있다. 기분이 나쁠 때 '속이 상한다'고 하기도 하고 '속이 썩는다'고 하기도 한다. 화가 나는 일이 생기면 그것을 감내해야 하는데, 그게 무척 힘이 들기 때문에 이렇게 말하는 것이다. 그런데 마음에 거슬리는 일이 닥쳤을 때 감내하지 않고 곧잘 화를 내는 사람이 있다. 이런 사람을 '생속을 가진 사람'이라고 부른다. '생속'에서 '생'이란 말은 썩지 않았다는 뜻과 덜 익었다는 뜻을 모두 가지고 있다. 썩지 않았다는 건 그 자체로 나쁜 말은 아니지만, 속이 썩지 않은 늘박처럼, 생속을 가진 사람은 단단하지 못해 외부의 충격을 흡수하거나 견뎌내는 힘이 약하다.

생속을 가진 사람은 성숙하지 못한 사람이다. 생속이 되면 인욕을 하지 못하고 외부 경계에 그만큼 자주 부딪힌다. 뿐만 아니라 스스로 부아를 이기지 못하여 뜻하지 않은 화를 자초하기도 한다. 그런 사람은 속이 썩은 늘박의 껍질이 단단해지는 이치를 새길 필요가 있다. 속을 썩히며 살면 세상살이에 강해져서 스스로 무너지지 않는 힘이 생긴다. 관용력이나 포용력도 커진다.

"생속으로 세상을 살려 하지 마라."

바가지가 된 늘박이 사람에게 던지는 메시지다.

국자는 국 맛을 모른다

사람의 습관이란 의식하지 못하는 새에 일어나는 행동 방식을 일컫는다. 이런 행동 방식은 오랫동안 반복되는 사이 자기화된 것이어서, 특별히 그런 행동을 하겠다는 의도를 일으키지 않아도 자동으로 실행되는 때가 많다.

습관처럼, 사람 일이 때로는 아무런 의도 없이 자연스럽게 행해지는 것이 더 좋을 때가 있다. 이것을 선 수행에서는 무심도리無心道理라 한다. 번뇌가 가라앉은 무심의 경지에서는 자기 하는 일을 자기가 모른다고 말하기도 한다. 마치 독서삼매에 든 사람이 책을 읽으면서도 책을 읽는 줄 모르고 읽는 것과 비슷한 상태이다. 이른바 무아지경에서는 주위가 의식되지 않고 한 생각에 머물러 주객의 대립이 쉬어지기 때문에 삼매 속에서 행위를 하게 되는 것이다.

부처님 가르침 가운데 "국을 뜨는 국자는 국 맛을 모른다."는 말이 있다. 국자가 국 맛을 모르면서도 국 뜨는 일을 잘해내듯이, 사람이 일을 할 때 가장 좋은 것은 삼매 속에서 하는 것이다. 무언가를 하려고 억지로 애쓰지 않고 자연스럽게 물 흐르듯 그 상황에 있을 때는 일을 하면서도 편안하며, 편안하지만 오히려 일의 능률이나 수준은 올라가는 경우가 많다.

한편 나 아닌 남에 대해 아는 것이 많아서 괴로워질 때는 숟가락처럼 살아가리라 다짐하는 것도 좋다. 사람의 입속에 밥을 떠 넣어주면서도 밥맛을 모르는 숟가락처럼 한결같이 남을 위해만 주고 자기는 아무것도 모르는 사람이 된다면 이 사람은 바보가 아니라 부처님이나 보살 같은 사람이 되지 않을까? 우리 삶에는 쉴 새 없이, 무심히, 아무 의도 없이 좋은 일을 하는 것이 있어야 한다.

복수초 이야기

이번 겨울에는 유난히 추운 날이 많다. 전국이 영하로 내려간 날씨가 며칠을 계속하였고 눈마저 예년보다 자주 내려 겨울나기가 무척 힘들었다. 통도사가 자리 잡은 영축산은 남쪽 지방이라 눈이 내려도 이내 녹곤 했는데 올 겨울엔 한 달 이상 곳곳에 눈이 녹지 않고 남아 있는 곳이 많다. 눈이 이렇게 오래 남아 있는 것은 참으로 드문 일이다.

겨울이야 으레 추워야 제 맛이라고들 하지만 혹한이 계속되면 사람의 활동이 위축되고 생활이 그만큼 불편해진다. 주마다 서울에 가야 하는 나는 한번은 눈 때문에 차가 들어올 수 없어 산문까지 걸어 나가야 했던 적이 있었다. 날씨마저 몹시 추웠다. 온몸에 냉기가 느껴지면서 마음마저 얼어붙는 것 같았다.

그런데 냉기는 겨울의 추위에만 있는 것이 아니다. 도처에 냉기가 흐른다. 사람들의 마음이 차가워졌기 때문이다. 현대사회를 차가운 사회라고 정의한 학자도 있다. 바로 인류학자 클로드 레비스트로스인데, 그는 인류사회를 뜨거운 사회와 차가운 사회로 구분하여 원시사회를 뜨거운 사회로 현대사회를 차가운 사회로 불렀다. 현대에 이르러 과거에 비해 이른바 인심이 각박해지고 사회가 삭막해졌다는 말이다.

복수초福壽草라는 꽃이 있다. 복과 장수를 상징하는 이름을 가진 이 꽃은 추운 겨울 눈 속에서 피는 꽃으로 알려져 있다. 복수초는 꽃을 피울 때 꽃대가 올라오면서 덮여 있는 눈을 다 녹여버린다 한다. 온몸에서 열기를 뿜기 때문이다. 인도의 히말라야 설산이나 티베트의 고산 지대에도 복수초와 비슷한 식물이 자생하고 있는데, 바로 '노드바'라는 식물이다. 흥미로운 건 노드바의 별명이 '식물난로'라는 사실인데, 노드바가 꽃을 피울 때 3~4미터나 쌓여 있던 눈을 모두 녹여버리기 때문에 붙여진 이름이다. 이 식물이 뿜는 엄청난 열기 때문에 어떤 이는 노드바를 존경할 만한 식물이라고까지 말한다.

추우면 따뜻함이 그립고 더우면 시원함이 그리운 법이지만, 사람의 가슴은 기후와는 상관없이 적정한 온도를 유지해야 하는 법이다. 냉랭한 관계를 녹일 수 있는 건 마음의 온기뿐이다. 좋은 인간관계가 맺어지느냐 마느냐는 누가 따뜻한 마음으로 친화력을 발휘하느냐 마느냐에 달려 있다. 양지에서 싹이 먼저 솟아나는 것처럼 마음에 온기가 있는 곳에서 선근善根의 싹이 먼저 나온다.

부처님은 사람은 누구나 마음속에 공덕의 숲을 가꾸고 살아야 한다고 가르쳤다. 공덕의 숲이란 선근을 심으면서 복을 짓는 것을 말한다. 손짓 하나 몸짓 하나 그리고 말 한마디를 조심하여 복을 지어야 한다. 하루하루 살아가면서 어제보다 오늘이, 오늘보다 내일이 더 좋으려면 매 순간 복을 지어 순간순간을 새롭게 만드는 수밖에 없다.

생각마다 보리심을 일으키면 念念菩提心

어느 곳이든 편안하고 즐거운 세상이 되리. 處處安樂國

사람의 생각은 찰나에 생겨나고 찰나에 없어진다. 어떤 면에서 사람은 새로운 생각을 탄생시키기 위해서 살아가는 것이다. 이 새로운 생각이 주위를 밝혀주고 따뜻하게 해주는 진지한 성의를 가지면 가질수록 좋은 것이다. 그렇기 때문에 한 생각 속에서 법당을 짓는 불사佛事를 한다고 했다.

입은 타지 않는다 불을 말하여도

공자는 『논어』에서 "교언영색은 어짊이 없다고 하
였고 또 눌언이 행실에 있어서는 민첩하다." 했다.

불교의 선가禪家에서는 말 이전에 마음이 어떠한가
가 중요하다는 것을 강조하여, 바른 사람이 그릇된 말을 하여도 마
음이 바르기 때문에 바른 법이 될 수 있지만 마음이 그릇된 사람은
비록 말은 옳게 하더라도 마음이 그릇되었기 때문에 바른 법이 될
수 없다고 했다.

사실 진리는 말에 있지 않다. 말을 떠나 있는 실상을 말로 설명한

다는 것은 불가능한 일이다. 마치 음식의 맛을 아무리 말로 설명하여도 맛은 말에 있지 않은 것과 같은 논리다. 선어록에는 "불을 말하여도 입은 타지 않는다."는 구절이 나온다. 말로 표현되는 '불'에는 뜨거운 속성이 없기 때문이다.

고대 그리스의 궤변론자들 사이에 토끼가 거북이를 앞에 세워두고 뒤쫓아 갈 때 토끼는 거북이를 영원히 따라잡지 못한다는 주장을 한 사람들이 있었다. 가령 거북이가 토끼보다 100미터 앞에 서서 둘이 경주를 한다 치자. 토끼가 앞으로 나아가는 동안 거북이도 얼마간 앞으로 나아간다. 발이 빠른 토끼가 거북이와의 거리를 좁히다가 마침내 토끼가 거북이가 있던 지점에 근접해서 거북이를 앞지르려는 순간, 거북이가 조금 앞으로 나아가기 때문에 토끼는 여전히 거북이의 뒤에 있게 된다. 그다음 순간 역시 같은 일이 벌어진다. 그리하여 거북이는 여전히 토끼 앞에 있게 된다. 그리고 이 패턴이 경주 내내 반복되기 때문에 토끼는 결코 거북이를 앞지를 수 없다는 논리다.

이렇게 주장하는 것은 시간을 무시하고 공간적 거리만 가지고 따지는 억지로, 이를 배리背理의 모순이라 한다. 이런 주장은 이치를 등져 도저히 앞뒤가 맞지 않는데도 그럴듯하게 들리므로, 순간적으로 사람을 현혹시켜버리는 힘을 가지고 있다. 우리 주변에서도 이런 경우를 쉽게 볼 수 있다. 온갖 광고에서 전파하는 수많은 알림들, 정치인과 비즈니스맨이 쏟아내는 말들은 뚜껑을 열고 보면 텅 비어 있는 경우가 많다. 그런 말들로 대중을 기만해 원하는 바를 얻으려 하는 속셈인데, 실상은 그릇된 엉터리 견해이지만 말로 꾸며놓고 보면 그럴듯하여 사람을 혼란에 빠뜨린다.

상황이 이렇다 보니, 어떤 말을 듣고도 우선 그게 사실일까를 의심하는 때가 많다. 심지어 신문 기사나 공영방송에 나온 말들도 곡해되거나 과장된 말일지 모른다는 생각이 든다. 사실과 다르게 오도되거나 과장되었을 거라 지레짐작을 해버리는 경우도 허다하다. 도저히 곧이곧대로 믿을 수 없기 때문이다. 말의 범람이 불신의 시대를 불러온 듯하다.

말이 거짓되고 사실과 달라 말을 믿지 못하는 것이 불신不信이다. '믿을 신信' 자를 획을 나누어 풀이하면 '사람 인人' 변에 '말씀 언言'인데, 이는 사람의 말이라는 뜻이다. '불不'자는 부정을 뜻하니 불신이라는 말은 곧 사람의 말이 아니라는 뜻이다. 다시 말해 믿을 수 없는 말은 사람의 말이 아니고 믿을 수 있어야 사람의 말이라는 뜻이다.

언어의 생명력이 죽어가는 사회가 바로 불신의 사회다. 요즘 사람들은 자신도 믿지 못하는 자신 없는 말들을 너무 쉽게 내뱉는다. 마치 길가에 버려지는 쓰레기처럼 믿을 수 없는 무책임한 말들이 버려지는 작금의 상황에서 말의 오염은 이미 심각한 수준을 넘어섰다.

중국의 왕양명은 일찍이 지행합일설을 주장하여 말과 실천이 일치되어야 한다고 했다. 공리공론의 실천 없는 이론은 사변적인 수사에 불과하므로 지성의 본래 역할을 수행할 수 없다는 것이다. 사람은 말로 남을 현혹시키지 말고 행동으로 감동을 주어야 한다. 남에게 불신을 받는다는 것은 삶의 비극이다. 때로는 말에 앞서 생각의 절제가 필요하다. 실수를 방지하기 위해서는 순간의 감정을 걸러낼 필요도 있다. 자기를 진정 사랑한다는 건 자신의 업이 잘못되지 않도록 하는 것이다. 이 자애지심이 자기를 극복할 수 있는 힘을 얻어야 한다고 양명학에서는 말한다.

말이 잘못된 것을 실언이라고 하는데 말을 잃어버린 것 역시 실언이다. 불교에서는 수행자를 경책할 때 말없이 도심道心을 키우라고 말한다. 침묵의 공간 속으로 깊이 들어가 도심을 닦는다는 뜻이다. 묵언 속에 들어가면 말의 실수는 없다.

산속의 고요한 밤 말없이 앉았으니 山堂靜夜坐無言

고요하고 고요해 본래 그대로인데 寂寂寥寥本自然

무슨 일로 바람 불어 숲을 흔드는가? 何事西風動林野

기러기 까욱 울며 하늘을 날아가네. 一聲寒雁唳長天

나를 믿는다는 것

사람 사이에서 따라야 할 순리에도 순서가 있다면 아마도 '믿음'이 그 맨 앞자리를 차지할 것이다. 믿음이 전제되지 않은 사이에서는 콩으로 메주를 쑤었다는 말에도 오해와 갈등이 일어나며, 그런 관계는 지속될 리 없기 때문이다. 이와 달리 서로 믿음을 공유한 사이에서는 소통이 원활하며 괜히 신경을 쓸 일이 줄어든다. 그래서 상대방이 가장 편안하게 느껴질 때는 그에 대한 믿음이 굳건할 때다.

그렇다면 믿음이란 무엇인가? 단순히 자기의 예상대로 상대의 행위가 나타날 것이라는 기대만이 믿음일까? 사실 믿음이라는 말에는 그 이상의 뜻이 담겨 있다.

불교에서 믿음이란 산스크리트어 '스라다śrāddha'를 어원으로 한다. śrāddha는 몰랐던 사실을 알았을 때 마음속에 '아! 그렇구나.' 하는 이해와 확신이 생기는 경우를 두고 쓰는 말이다. '알고 보니 그것이 그런 것이었다.' 하고 고개를 끄떡이며 수긍이 가는 마음 상태, 한 점 의혹이 없이 맑아진 마음 상태가 믿음이라는 의미이다. 『보살본업경』에서 "마음을 깨끗이 하는 것"을 믿음의 정의로 삼은 것은 이 까닭이다.

주위에서 신앙이라는 이름 아래 맹목적으로 믿기만 하면 된다는 식으로 말하는 경우를 종종 볼 수 있다. 이것은 믿음의 본질을 몰라도 한참 모르는 맹신이다. 이런 믿음에는 덕이 결핍되어 불화를 불러오기가 예사이다. 하지만 앞에서 언급했듯 믿음이야말로 사람 사이에서 갖춰야 할 으뜸가는 덕인데 믿음 때문에 불화가 조장될 리가 있겠는가! 만약 그랬다면 분명 그 믿음이 잘못된 탓일 게다.

현대 사회를 일컬어 불신의 시대니 불화의 시대니 한다. 사회의 각 계층뿐 아니라 믿음을 말하는 종교 간에도 불화하고, 서로 간에 조화와 협력이 부족하며, 남을 무시하면서 자기가 옳다고 일방적으로 주장하는 모습을 여기저기서 쉽게 볼 수 있기 때문이다. 이러한 현상의 이유를 굳이 들라 하면 나는 진정한 믿음이 없고 자기 마음을 깨끗이 하는 내면 정화가 이뤄지지 않았기 때문이라고 말할 것이다. 탐욕과 우월주의로는 남을 이해할 수도 받아들일 수도 없는데, 배려나 봉사는 말해 무엇하랴.

사람은 믿음 속에 바로 서야 한다. 마음의 땅에 올바른 믿음의 뿌리가 내려 참된 진리를 따르는 추종자가 되어야 한다. 그러기 위해서는 마음을 닦는 수행이 선행되어야 하며 눈을 돌려 자기를 바라볼 줄도 알아야 한다. 마음의 거울을 닦아 마음을 늘 있는 그대로 비춰 봐야 한다.

석가모니 부처님이 스스로 해야 할 일을 밝혀 놓은 내용이 『증일아함경』에 나온다. 이 가운데 사람들을 믿음의 땅에 서게 하겠다는 대목과, 보살의 마음을 내지 않은 사람이 보살의 마음을 내게 하겠다는 대목이 있다. 믿음의 땅에 사람을 세운다는 말은 진리의 세계 안으로 사람들을 들이겠다는 뜻이고, 보살의 마음을 내게 하겠다는 말은 남을 이롭게 하는 이타정신을 사람들에게 심겠다는 뜻이다.

사람은 누구나 자기만의 길을 간다. 그렇다고 각자 뿔뿔이 흩어져 다시는 만나지 않을 것처럼 가는 건 아니다. 고속도로를 달리는 자동차들처럼 각자의 길을 가되 함께 갈 수밖에 없는 것이 사람의 운명이다. 함께 가는 길이므로 나 혼자 잘 간다고 문제가 일어나지 않는 게 아니다. 모두가 잘 가야 무사히 각자 가고 싶은 곳으로 갈 수 있다. 그래서 각자 신념을 굳건하고 아름답게 지키되 동시에 남이 잘되도록 기도해야 한다.

그리하려면 결국 내가 나를 믿어야 한다. 내 안에 있는 선한 가능성을 무한히 신뢰해야 한다. 나를 바로 믿으면 남을 어떻게 대해야 하는지는 저절로 알게 된다. 믿음의 공덕이 나타나기 때문이다. 그래서 『화엄경』에서 "믿음이 도의 근원이요, 공덕의 어머니"라고 하는 것이다.

망두석에 곤장을 치다

옛날에 비단 장수가 있었다. 이 마을 저 마을로 비단
봇짐을 짊어지고 다니며 비단을 팔아 생계를 이어가
던 가난한 사람이었다. 어느 해 봄 그는 비단 봇짐을
짊어지고 외딴 마을 뒷산으로 길을 넘어 가던 중 비단 봇짐을 내려
놓고 누구의 묘소 잔디 위에 앉아서 잠시 쉬다가 그만 깜박 잠이 들
었다.

그런데 큰일이 났다. 깨어 보니 그의 비단 봇짐이 온데간데없이
사라져버린 것이다. 분명 잠든 사이에 누군가 비단 봇짐을 통째로

훔쳐 간 것이었다. 할 수 없이 비단 장수는 관가에 가 사또에게 이 사실을 말하고 자기의 비단 봇짐을 훔쳐 간 도둑을 잡아주기를 청했다. 사또가 물었다

"누군가 그대가 잠든 사이에 비단을 훔쳐 갔다면 오가던 사람 중에 비단 봇짐을 짊어지고 가는 사람을 본 이가 있을 터인데 졸기 전이나 후에 사람을 만난 적이 있느냐?"

"없습니다."

"그래도 생각해보아라. 목격자라도 있어야 훔쳐 간 사람을 잡을 단서가 생길 게 아닌가?"

"본 사람이 아무도 없습니다. 묘소에 서 있던 망두석이나 보았을까?"

비단 장수는 본 사람을 떠올려보라는 사또의 재촉에 엉뚱하게도 무덤가에 서 있던 망두석을 들먹였다. 이때 사또가 이방을 보고 추상같은 영을 내렸다.

"여봐라. 이 비단 장수가 비단 잃은 곳에 가 망두석을 잡아 오너라."

이리하여 동원 마당에 진풍경이 벌어졌다. 사또가 망두석을 눕혀 놓고 곤장을 치면서 비단 장수의 비단 봇짐 훔쳐 간 사람을 말하

라고 다그치는 것이 아닌가. 이 광경을 본 사람들은 모두 어리둥절해하였다. 아니 사람도 아닌 망두석을 취조하면서 곤장을 치다니 이 무슨 해괴망측한 일인가? 동원 안의 관속들뿐 아니라 마을 사람들까지 사또의 이 어처구니없는 망두석 곤장 치는 일에 대하여 영문을 몰라 하다가 급기야 사또가 미쳤다고 생각했다. 사또는 이 취조를 다음날까지 계속했다.

이 동네 저 동네 사람들이 우르르 동원 마당으로 몰려 와 빙 둘러서서 이 해괴한 희극을 즐기고 있었다. 누군가가 사또를 비웃는 조소의 말을 하면서 사또가 미치지 않았으면 어떻게 이와 같은 일을 벌이겠느냐고 했다. 많은 사람들은 사또를 흉보았다. 이때 사또가 또 한 번 추상같은 명령을 내렸다.

"나를 조소하고 미쳤다 한 사람들을 모조리 잡아들여라. 본관의 공무집행을 방해한 죄로 다스리겠다."

이 명 한마디에 그만 수십 명의 사람들이 동원의 옥방에 갇히게 되었다. 사또는 이방을 시켜 갇혀 있는 사람들 가족에게 비단 한 필씩을 구해 오면 풀어주겠다고 전하라 했다. 다음 날 갇혀 있는 사람들의 가족이 비단 한 필씩을 가져와 사람들이 풀려나게 되었다. 사또는 비단 장수에게 도둑맞은 비단을 고르게 한 후 그 비단 사 온 곳을 추적하여 비단 훔쳐 간 도둑을 결국에는 잡아냈다. 망두석을 곤장 친 일이 도둑을 잡는 실마리가 된 것이다. 이처럼 지혜를 감추고 있는 사람의 일이란 때로 어리석게 보이는 수가 있다.

불교의 수행이나 신앙에도 이와 같은 사례가 있다. 방편으로 실시하는 여러 행위가 망두석 곤장 때리는 일처럼 어리석게 보이고 조소당할 일처럼 보이지만 그 배후에 숨어 있는 참뜻을 안다면 어리석은 것이 아니고 조소당할 일이 아니란 말이다. 다만 진리를 찾는 방편과 법을 쓰는 방편에서 상황에 따른 다양한 모습들이 있을 뿐이다.

하늘이 개면 햇빛이 나고 비가 내리면 대지가 젖는 것처럼 인연을 따르다 보면 이렇게도 되고 저렇게도 된다. 단, 이런저런 인연 속에서 내가 찾아 얻어내야 할 것은 지혜와 복덕이 갖춰진 공덕임을 잊지 말아야 할 것이다.

옛날에는 사람이 먼 길을 갈 때 지팡이를 짚고 길을 가는 수가 많았다. 요즈음이야 교통수단이 좋아 먼 길을 직접 걸어가는 경우가 별로 없으니 지팡이를 사용하는 경우가 줄어들었지만, 그래도 등산하는 사람들이 사용하는 개량된 스틱이나 나이 많은 분들이 출행할 때 곧잘 지니고 다니는 나무 지팡이가 아직도 많이 쓰인다. 행인의 말없는 벗이 되어주는 이 지팡이가 상징하는 의미는 더 크다. 민중의 지팡이란 말도 있고, 사람이 남에게 의지할 힘이 되어주는 것을 지팡이기 되어준다고 말하기도 한다.

지팡이의 한자말은 석장錫杖이다. 특히 이 말은 불가에서 많이 써왔다. 스님들이 만행을 할 때 석장을 짚고 다닌 것은 오래된 풍습이었다. 이 석장 가운데 육환장六環杖이라는 것이 있다. 지팡이 머리에 여섯 개의 고리가 달려 있다 해서 육환장이라 부른다. 보통 기다란 막대기에 위의 머리 부분은 주석으로 만들고 그 위에 여섯 개의 고리를 달며 땅을 짚는 아랫부분은 동물의 어금니나 뼈 혹은 금속을 박아 뾰족하고 단단하게 만든다.

스님들이 운수행각을 할 때 이 육환장을 들고 천하의 산과 강을 돌아다니기도 했지만, 본래 이 육환장은 보살의 육도만행을 상징하는 물건이었다. 육환장을 짚고 길을 가면 고리가 흔들려 짤랑짤랑 소리가 난다. 이 소리를 듣고 벌레나 작은 짐승들이 사람의 행차를 알고 미리 피하여 밟히거나 다치지 않도록 하는, 살생을 방지하고 자비를 베푸는 의미가 육환장에 있다. 산길을 갈 때는 육환장에 의지하여 걸음을 수월하게 하며, 나이 많은 노인을 만났을 때는 이 육환장을 잠시 빌려주고 옆에서 부축하기도 한다.

부처님이 사용했던 석장에 대한 기록도 문헌에 전해진다. 현장의 『대당서역기』에는 여래가 사용했던 석장은 전단향 나무로 대를 만들고 백철로 고리를 만들었다고 기록되어 있다. 의정 삼장이 지은 『남해기귀내법전』에도 인도의 스님들이 석장을 사용하고 있었다는 기록이 있다. 머리 부분에 2~3치가량의 철권鐵捲이 있고 아래는 촉이 있는 나무 장대로 사람의 어깨 높이에 해당하는 길이였다고 한다. 또 『삼국유사』에는 조각을 잘하는 양지 스님의 석장 이야기가 나온다. 양지 스님이 석장에 자루를 매달아 허공에 던지면 석장이 신도의 집 문 앞으로 날아가 짤랑거리는 소리를 내는데, 그때 신도가 시주하는 물건을 자루에 넣으면 석장이 다시 날아 스님이 있는 곳으로 돌아왔다고 한다.

육환장의 여섯 고리가 상징하는 것도 있는데, 바로 중생이 윤회하고 있는 육도를 의미한다. 인간 세상과 천상, 아수라, 지옥, 아귀, 축생의 여섯 세계를 상징하기 위하여 여섯 개의 고리를 만든 것이다. 그러니까 고리가 흔들려 소리를 내는 것은 일체 중생들에게 어서 윤회를 벗어나자는 신호를 보내는 것이다. 윤회를 벗어나는 것은 생사의 고통을 벗어나는 것이다. '살다가 죽는 존재들이여, 살다가 죽는 이 운명을 우리 다 같이 벗어나자.' 육환장의 방울이 울리는 소리가 이 메시지를 전하고 있는 것이다.

이 세상에서 안타까운 일이라 할 수 있는 것은 나쁜 업을 짓는 중생이 자꾸 태어나고 있다는 사실이다. 그것은 이 세상에 해로운 일이 자꾸 생긴다는 뜻이다. 그렇기 때문에 원효 스님은 외쳤다. "태어나지를 마시오. 죽는 것이 괴로움입니다. 죽지를 마시오. 태어나는 것이 괴로움입니다." 『삼국유사』에 나오는 이 말은 생사 운명을 벗어버리자는 말이다.

나는 다시는 이 세상에 태어나지 않을 자신이 있다.

부다가야의 보리수 아래서 정각을 이룬 부처님이 이렇게 독백을 하는 장면이 아함경에 나온다. '나는 해탈자'라는 의미를 담고 있는 이 구절에서 보이듯이 불교의 근본이자 목적은 생사해탈이다.

때로 우리는 생사의 사슬 속에서 묶여 산다는 자각도 해보아야 한다. 이 자각을 일깨우는 진언이 하나 있다. 『천수경』에 나오는 육자대명왕진언이다. 관세음보살의 본심미묘진언이라 하기도 하는 이 진언은 육도를 벗어나기 위한 염원을 하는 진언이다. '옴마니반메훔'이라는 여섯 글자로 되어 있는 이 진언은 한 글자가 육도의 한 도를 뜻한다. '옴'은 천상, '마'는 아수라, '니'는 인간, '반'은 축생, '메'는 아귀, '훔'은 지옥과 관련이 있다. 물론 어원의 뜻을 풀이하면 그 의미는 또 다르게 나온다.

'옴'은 감탄사로 '아!'이고, '마니'는 여의주와 같은 보배 구슬이다. '반메'는 연꽃인데 연화수보살을 가리킨다. '훔'은 조음소로 그냥 들어간 말이다. 전체의 뜻을 연결시켜 보면 '아! 연꽃 같은 보배 구슬이여.' 혹은 '아! 연꽃 같은 성자의 품에 안기고 싶나이다.'가 된다. 여섯 글자가 각각 색깔을 나타내기도 한다. 천상을 뜻하는 '옴' 자는 백색을, 아수라의 '마' 자는 청색을, 인간의 '니' 자는 황색을, 축생의 '반' 자는 녹색을, 아귀의 '메' 자는 홍색을, 지옥의 '훔' 자는 흑색을 나타낸다고 한다.

육환장이 흔들리며 소리를 낸다. 옴마니반메훔, 옴마니반메훔…. 아! 연꽃 같은 보배 구슬이여, 나의 윤회는 언제 끝나는 것입니까?

풍경 소리를 들으며

가끔 혼자 산방에 앉아 좌선을 하거나 간경을 하다가 법당 처마 끝에서 들려오는 풍경 소리를 들을 때가 있다. 뎅그렁 댕 뎅그렁 댕. 바람에 물고기 모양의 쇠붙이가 흔들리면서 종을 치는 소리가 고요한 산사의 정적을 깨뜨리며 맑은 멜로디를 허공에 흩는다. 천동 여정 선사는 풍경 소리를 듣고 유명한 선시 「반야송」을 지었다.

온몸이 입이 되어 허공에 걸려 通身是口掛虛空

동서남북 바람을 가리지 않고 不管東西南北風

언제나 똑같이 반야를 노래하네. 一等與渠談般若

뎅그렁 댕 뎅그렁 댕 滿丁東了滿丁東

풍경 소리가 반야의 노래라는 것은, 물론 도를 깨친 분상에서 하는 말이다. 무정설법無情說法이라는 말처럼 산하대지의 모든 것이 부처님의 법을 설하고 있다 한다. 이러한 차원에서 보면 바람 소리 물소리를 위시한 이 세상 모든 소리가 반야의 소리로 들릴 수 있다. 심심 미묘한 법성의 이치에서 세상을 보고 들을 때는 또 다른 차원의 세계를 느끼며 보고 듣는 것이 달라진다는 것이다.

사람은 생각하는 차원에 따라 객관의 경계를 다르게 받아들인다. 마음이 보고 듣는 감각적인 느낌도 심리적 상태에 따라 매우 다르다. 가령 오래 그리워하던 사람을 만났을 때 웃음으로 만나기도 하고 울음으로 만나기도 한다. 정한이 맺힌 남북 이산가족이 만나는 장면은 언제나 눈물바다를 이루지 않던가? 난리 통에 객지를 전전하며 고향의 처자 형제 소식을 모르고 있던 두보는 부서진 성안에 들어가 시를 지으며 꽃이 눈물을 흘리게 한다 했다. 「춘망春望」이란 시에서 그는 "세상이 어지러워 꽃을 보아도 눈물이 난다."고 탄식을 했다.

사람 사는 세상일에서 절망스러운 비극을 당하여 남모를 고통의 아픔을 안고 사는 사람일수록 감춰둔 눈물의 양이 더 많을 것이다. 인생에는 분명 비극도 있고 희극도 있지만 사람 사는 법 그 자체는 세월이 지나가면 허공에 흩어지는 풍경 소리와 같지 않을까 하는 생각이 든다. 누구나 지금까지 살아온 개인의 역사 속에 별의별 사연이 다 들어 있을 것이다. 슬펐던 일, 기뻤던 일, 외로웠던 일, 괴로웠던 일 들은 모두 지나고 보면 추억의 그림자에 불과하지만, 법당 처마에 매달려 있는 풍경처럼 가슴속에 매달려 소리를 낼 때가 있다. 특이 노년에 들면 이 소리가 더욱 잘 들린다.

세월의 풍경 소리를 들으면 서글퍼지고 외로워질 때가 많은 법인가? 지난날에 대한 아쉬움이 아련한 그리움이 되어 핑 눈물이 돌 때도 있다. 마음속에 번뇌의 손님이 말도 없이 찾아온다. 불교에서는 사람의 마음에 일어나는 번뇌를 객진번뇌客塵煩惱라 한다. 내 집에 찾아온 손님처럼 본래 없던 것이 외부에서 우연히 들어와 손님처럼 있다는 것이다. 이 손님을 어떻게 맞이할까?

내가 이 세상에 태어난 것도 손님처럼 온 것이다. 나그네 인생이라 하지 않았던가. 〈하숙생〉이란 노래도 있지 않았던가. 그렇다면 손님에게 오는 손님이 번뇌란 계산이 나온다. 손님에게 오는 손님이라. 뉘앙스가 묘하다. 손님으로 와서 손님을 맞이하다 한 생이 간다. 이 생이 지나가는 세월 속에 풍경 소리가 울린다.

이백은 "하늘과 땅은 만물이 쉬는 숙소요, 세월은 대대로 길가는 나그네"라고 했다. 한편 몸은 나이를 먹는 물건이다. 나이를 먹는다는 것은 세월 따라 늙어지는 것을 뜻한다. 시간의 지배를 받는 것이니까 이 몸도 결국은 나그네 신세를 면치 못한다. 태어나고 죽는 생사가 과객의 행로란 말이다.

그러나 몸의 주인인 마음을 생각해보자. 마음이 나이를 먹는다고 생각할 수 있을까? 그러기는 어렵다. 그것은 하늘, 곧 허공이 나이를 먹는다고 할 수 없는 것과 같은 이치이다. 텅 빈 허공을 두고 연륜을 헤아려볼 수 없는 것은 당연하다. 나이를 먹지 않는다는 것은 가고 옴이 없다는 뜻이다. 가고 오는 내왕이 끊어진 것, 이것을 주인이라 생각해본다. 세월 밖에 사는 주인이다. 하늘과 땅보다 먼저 있던 주인이고 동시에 하늘과 땅보다 나중까지 그대로 남아 있는 주인이다. 이 주인을 그냥 한 물건이라고 불러오기도 했다.

『금강경 오가해 서설』이나 서산 스님의 『선가귀감』 첫 구절에 "한 물건이 여기 있다." 했다. 내가 지금 여기에 있는 것은 한 물건이 있는 것이다. 시공을 초월하여 때로는 허공신虛空身이 되어 온 세상을 몸속에 포함하는 무한한 작용을 이 한 물건이 모두 다 하는 것이다. 번뇌도 사실은 이 물건이 있어서 오는 것이다.

저무는 계절의 어귀에서 잠시 나그네 심사가 되어 묵상을 하면서 입선入禪의 시간을 가져본다. '이 뭣고!' 하고 한 물건을 챙겨보지만 화두를 밀치고 스며드는 새치기 생각이 자꾸 일어나 뒤돌아보는 게 많다. 살아온 사연들이 애상에 물들기도 하고 가버린 시절에 대한 아련한 그리움도 떠오른다. 가슴 깊숙이 세월의 풍경 소리가 자꾸 들린다. 바람이 불어 처마 밑 풍경도 더 세차게 울린다.

천만 원짜리 세뱃돈

올해도 설날 새벽은 매우 추웠다. 법당에 들어가 예불을 하면서 부처님께 세배를 드릴 때 손발이 시렸다.

낮에는 기온이 조금 올라가는 것 같기도 했지만 금년 겨울의 추위는 그 위세가 대단한 것 같다.

떡국으로 아침 공양을 하고 반야암 식구들의 세배를 받은 후, 큰 절에 내려가 사리탑 보궁을 참배하고 방장스님과 주지스님에게 세배를 드렸다. 산중 어른이자 문중 어른들이시라 새벽부터 세배를 드리러 온 스님과 신도 들이 문전성시를 이루고 있었다.

세배 풍습은 절 집안이 가장 성한 것 같다. 그래서 큰스님들은 대부분 설을 맞이하기 전 세뱃돈을 두툼히 준비해둔다. 컬러 봉투에 새 지폐를 넣어서 서랍 안에 수북이 넣어두고, 오는 사람에게 덕담과 함께 세뱃돈을 나누어 준다. 올 설에 나도 방장스님과 주지스님 두 분으로부터 세뱃돈을 받았다. 봉투에 천 원짜리 한 장과 만 원짜리 한 장을 넣어 "천만 원"이 들었다는 농담과 함께 건네주셨다.

나도 빨간 봉투에 세뱃돈을 넣고 복덕과 지혜가 모두 풍족해지라는 뜻인 '복혜쌍족福慧雙足'이라는 문구를 봉투에 써서 서랍 안에 넣어두었다가, 세배를 하러 온 분들께 나눠줬다. 봉투를 준비하면서 상좌 하나가 "아무도 안 오면 이 돈 남겠네요." 하기에, 내가 "네가 돈 욕심이 나서 그런 말을 하지? 아무도 안 오기는 왜 안 와?" 했더니 상좌가 씩 웃었다. 예상대로 설날 당일만 해도 스님들 50여 분과 신도님들 30여 분 해서 모두 80여 분이 반야암에를 다녀갔다.

이런 문화도 조금은 변해서, 요새는 전화 통화나 문자 메시지로 새해 인사를 대신하는 경우가 늘었다. 이러거나 저러거나 사람이 사람을 정답게 생각하는 것이란 참 좋은 일이다. 주고받는 눈빛과 말과 온기 속에서 살아가는 힘을 서로 북돋을 수 있으니 말이다. 직접 만나거나 전화나 편지를 통하지 않고 마음속으로 몰래 안부를 물어도 좋다. 그렇게 안부를 묻는 사람의 마음이 더 넓어지고 따뜻해지기 때문이다. 러시아의 문호 톨스토이의 말마따나 "인사와 안부는 사람 사이를 가깝게 만들며 아무리 자주 하여도 싫증이 나지 않는 것"이다. 부지런히 인사하고 안부를 물으며 살아가자.

수년 전, 김해에 살던 어느 거사님이 평생 재배한 분

재 200여 분을 반야암에 기증한 적이 있었다. 나이

가 많아 일하기가 어려울뿐더러, 관리하던 농원이

경마장 조성지에 들어가 부득이 분재들을 다른 곳으로 옮겨야 할

처지가 되었기 때문이었다. 그분은 여유가 된다면 절에서 재배하

고 아니면 팔아서 불사에 보태 쓰라는 마음도 함께 전해왔다.

이 분재 가운데 일부는 주위의 거사님들이 불사 보조금으로 충

당하라며 얼마씩 돈을 내고 가져갔다. 나머지를 어떻게 할까 고민하

다가 절 주위의 산비탈 맨땅에다 심어버렸다. 분재의 수종은 모과나무와 느티나무가 대부분이었다.

이런 사연으로 반야암에는 모과나무 100여 그루로 조성된 반야모과단지가 생겨났다. 이 나무들 가운데 잘 자란 모과나무에서 작년부터 꽃이 피더니 모과가 한두 개씩 열리기 시작했다. 아직 꽃을 피우지 못한 나무도 많지만 모과나무가 100여 그루나 되니 앞으로 해마다 모과 잔치를 하게 생겼다. 이 외에도 내가 특별히 사다 심은 큰 모과나무도 몇 그루 있는데, 영축산 등성이에 들어선 소나무와 함께 나는 이 모과나무를 사시사철 즐기고 있다.

내가 모과나무 옆에 자주 가는 이유는 법당 우측에 심겨 있는 가장 큰 모과나무의 모양이 좋아서이기도 하지만 모과나무에서 특이한 이미지를 느낄 수 있어서이기도 하다. 모과나무는 자라면서 울퉁불퉁한 목질 덩어리가 생겨나므로 밋밋하게 자라는 다른 나무들과는 우선 둥치의 생김새부터 다르다. 또한 군복처럼 얼룩얼룩한 무늬도 차츰 둥치에 입혀진다. 이런 모양새가 예쁘거나 고상하지는 않지만 가까이 가서 보면 모과나무는 뭔지 모를 매력을 풍긴다. 그것도 계절에 맞춰가며.

봄에 보면 연초록 잎이 막 껍질을 뚫고 나와 햇빛에 반짝이는가 싶다가 이내 꽃을 피운다. 옅은 주홍색 꽃인데, 수줍은지 나뭇잎 뒤에 숨어 있기를 좋아한다. 뽐내지 않고 조용히 뒤에 숨어 있기는 모과꽃이 제일이다. 그러다가 손가락만 한 열매가 맺히기 시작하면서 과일나무의 위세를 과시하기 시작한다. 열매가 얼마나 열렸는지 궁금하여 나무 밑에 가서 살펴보면 처음에는 손가락 굵기만 한 것들이 잎에 가려 잘 보이지 않는다. 그래서 가끔 모과나무 밑으로 가서 숨은 그림을 찾는 것처럼 열매를 세어보기도 한다.

열매가 제법 굵어지는 여름이 되면 열매가 먼저 눈에 들어온다. 열매는 처음에 진초록이었다가 차츰차츰 노란빛을 받아들인다. 가을이 되면 열매가 노랗게 익어 멀리서도 사람의 눈길을 끄는 매력을 발산하며, 잎은 서서히 단풍이 들어 떨어지기 시작한다. 이때의 모과나무가 일품이다. 저마다 크기와 모양이 다른 열매가 가지에 주렁주렁 달리면 관상의 품격이 높아진다. 겨울이 되면 잎 떨어진 나무가 울퉁불퉁한 나신을 드러내며 서 있는데 마치 오래된 골동품을 보는 듯한 느낌을 준다.

이처럼 모과나무는 사시사철 뚜렷한 제 모습을 보여주면서 은은한 즐거움을 선사해주는 매력이 있는 나무이다. 소나무를 군자의 나무라 하였고 대나무를 절개의 나무라 했다면, 나는 모과나무가 서민의 심덕을 상징하는 나무라고 말하고 싶다. 은은히 남모르는 덕을 늘 간직하고 있다가 유용한 가치를 선물해주는 겸손하기 그지없는 나무가 바로 모과나무이기 때문이다.

그래서 사람도 모과나무처럼 살았으면 좋겠다는 생각이 들었다. 못생긴 사람을 모과에 비유하듯 모과나무에 달린 열매가 예쁘지는 않지만, 수많은 과일 중에 한방에서 약재로 쓰이기로는 모과가 제일이다. 사람도 비록 세속의 평가 기준에는 보잘것없어 보일지라도 누군가의 생명을 살리는 데 보탬을 줄 수 있다면, 그 사람은 분명 귀한 가치가 있는 존재이다. 그런 사람이 많아야 살 만한 세상이 된다.

'모과나무처럼 살아야 한다.'

모과나무를 보며 이 말을 마음에 다시금 새겨본다.

난실을 지어 놓고

나는 가끔 다른 절의 법문을 해달라는 청을 받는다. 청을 수락하고서 다른 절에 가서 법문을 해주면, '거마비'라고 해서 수고한 데 대한 보상으로 돈을 조금 받아 온다. 일종의 아르바이트 수입이 생기는 셈이다.

지난 정초기도 산림 아르바이트를 하면서 난실蘭室을 하나 짓기로 결심하고 공사에 착수했다. 공사비가 예상보다 많이 들어 아르바이트 수입만으로는 충당이 되지 않았다. 부담이 되긴 했지만 그렇게 마련한 난실에다 방에 있던 난분을 옮겨두니 좋았다. 거기다 난

분 몇 개와 동양금과 모과나무 등 꽃망울이 예쁘게 맺혀 있는 분재
도 몇 개 사서 들여놓고, 하루에도 몇 번씩 난실을 드나들며 감상하
는 재미에 폭 빠져 있다.

난실을 짓기로 한 데는 나름 이유가 있었다.

큰절에 있을 때부터 나는 방에 난을 몇 분씩 두고 지내왔다. 난을
좋아하는 취향 탓이기도 했지만, 거제도에 커다란 난실을 만들어 평
생을 난과 함께 살다가 간 향파香坡 김기용 거사님을 알고 지낸 인연
도 한몫했다. 내게 난에 대한 상당한 지식도 전해줬고, 손수 재배한
제주 한란 몇 분을 선물도 해줬기 때문이다. 또 절에 살다 보니 가끔
난분을 선물 받는 일도 있었다.

그런데 이렇게 받은 난들이 여러 해 동안 꽃을 피우지 못했다. 방
에 햇볕이 잘 들지 않아 꽃대가 올라오지 않는 것이었다. 그렇게 서
재에 놓인 잎만 무성한 난을 바라보던 어느 날, 문득 이런 생각이 들
었다. '저 난들은 여러 해 동안 꽃을 피우지 못했다. 해마다 꽃을 피
울 수 있는 식물이 꽃을 피우지 못하는 건 안될 일이다. 꽃을 피우지
못하는 난의 심정이 얼마나 안타까울까?'

그리하여 나는 난이 꽃을 피우도록 도와주자 결심했고, 이 결심
이 난실로 현실화된 것이다.

요즈음 난실에 의자를 놓고 가만히 앉아 난과 분재를 보면 경전을 보고 있다는 착각이 든다. 그런데 이건 착각이 아닌 착각이다. 깊은 명상에 들어가면 꽃 속에서도 경전이 보이고 책 속에서도 꽃이 보이는 법 아니던가. 책이든 꽃이든 간에 우리에게 보이는 것은 사실 마음의 그림자이다. 그리고 우리가 진정 봐야 할 것은 그림자가 아닌 그림자를 내는 마음이다. 마음을 보면 이 세상에 보이는 것이 아무것도 없다고 했고, 아무것도 보이지 않으면 이 세상 모든 것을 다 본다고 했다.

무관심과 타인의 비극

잊는다는 것에는 두 가지가 있다. 하나는 알았던 것이 기억에서 완전히 사라지는 경우이다. 가령 어떤 사람이 어릴 때 버려져 고아원 등지에서 자라면서 부모와 고향 등을 까맣게 잊는 게 그렇다. 또 하나는, 알고는 있지만 관심이 미치지 않아 의식에서 잠시 가라앉아 있는 경우이다. 예전에 열차에서 내리면서 모자를 그대로 두고 나온 때가 있는데, 이 경우가 바로 그런 경우이다. 만약 내 관심이 모자에 미쳤다면 결코 모자 챙기는 일을 잊지 않았을 것이다.

두 경우 중 후자는 우리의 성의 부족, 혹은 무관심으로 인해 일어나며, 대다수 사람들이 일상적으로 경험하는 일이다. 대개는 이런 일이 일어난다고 해도 별다른 문제가 되지 않는다. 하지만 꼭 기억해야 하는 것을 기억하지 못했을 때는 자칫 돌이킬 수 없는 비극을 불러올 수도 있다.

인도의 불교 유적지 가운데 산치대탑이라 불리는 곳이 있다. 사리불과 목건련의 사리탑이 있는 곳인데, 이곳에 얽힌 전설 하나가 있다.

최초로 인도 전역을 통일한 아쇼카 왕이 왕자 시절 전쟁에 나섰다가 비디샤 지방에서 데비라는 여인을 만나 사랑에 빠진다. 전쟁이 끝나면 데리러 오겠노라 약속하고 다시 길을 떠난 아쇼카는, 그러나 통일 전쟁에 몰두한 나머지 데비를 잊고 만다. 하지만 왕자의 말을 믿고 기다리던 데비는 매일 언덕에 올라가 먼 지평선을 바라보며 아쇼카가 오기만을 기다렸다. 돌아오지 않는 왕자를 기다리며, 그사이 왕자의 아기를 낳아 기르던 데비에게 그만 병이 찾아들고, 몸이 쇠약해진 데비는 소년이 된 아들에게 왕자와의 정표를 건네며 왕자를 찾아가게 한다.

그렇게 소년은 아버지인 아쇼카 왕을 찾아가 어머니가 준 정표를 내보이며 어머니의 병세를 알렸다. 왕은 깜짝 놀라며 급히 사람을 보냈지만, 데비는 이미 이 세상 사람이 아니었다. 아쇼카 왕은 데비를 잊고 지낸 자신의 무정함을 뉘우치면서 그녀를 기리는 탑을 산치 언덕에 세웠고, 그 탑이 바로 지금의 산치대탑이다.

어느 시인은 이 세상에서 가장 슬픈 일은 자신이 남의 기억에서 사라져 잊혀지는 것이라 하였다. 잊혀짐은 무관심의 소산이다. 세상의 인연은 미묘하여 나의 무관심 때문에 누군가 외로워하며 울게 될 수도 있다. 나의 망각과 무관심 속에서 남의 비극이 깊어지는 것이다. 애정 어린 관심을 갖는다는 것, 그것이 자기가 사람답게 살아갈 수 있도록 하는 주춧돌이며 동시에 사람을 살리는 첫 번째 발걸음임을 가슴에 새기고서 살아가야 할 것이다.

자그마한 친절 하나

이번 인도 여행에서 몇몇 인상적인 순간이 있었다. 저녁 무렵, 수만 명의 사람들이 갠지스 강에 모여 기도하는 힌두교 의식을 만난 것이 그랬고, 타지마할을 보고 난 뒤 타지마할에 얽힌 샤 자한 황제와 뭄타즈 황비의 사랑 이야기를 주제로 한 뮤지컬을 관람한 것도 그랬다. 보드가야의 보리대탑 앞에서 올린 예불과 영축산 향실에서 올린 예불, 그리고 열반당 안에서 올린 예불은 참석한 대중이 많아 웅장하고 감동적이었다. 이번까지 모두 열세 번 불교성지 순례를 다녀왔는데, 이번 순례가 가장 만족스러웠다.

여행을 할 때마다 가장 신경 쓰이는 일이 하나 있다. 바로 일행들 사이에 감정 상하는 일이 생겨 여행이 내내 어두운 분위기 속에서 진행되는 것이다. 열흘이고 보름이고 수십 명의 대중이 정해진 코스를 따라 함께 움직이다 보면 언짢은 일이 생기기 마련이다. 누군가의 말 한마디 행동거지 하나가 비위를 거슬러 갈등과 다툼이 벌어지는 것이다. 단체여행을 오래 하면 동행자들이 여러 패로 갈라지는 건 바로 이런 연유에서다.

다행히 이번 순례에서는 그런 일이 없었다. 50여 명의 대중이 열흘 동안 함께 다니면서 기분 나쁜 일이 생기지 않았다. 어떤 면에서는 자랑할 만한 일이다. 사소한 일에 곧잘 감정이 상하는 사람의 속성상 갈등 없이 긴 여행을 마친다는 건 여간 어려운 일이 아니기 때문이다. 지난 2010년 인도에 갔을 때는 아침마다 차를 타고 출발하기 전 호진 스님과 내가 서로 손뼉을 마주치면서 큰 소리로 "오늘도 싸우지 말고 사이좋게 여행합시다." 하고 외쳐서 일행을 웃기기도 했는데, 다 여행을 무사히 진행하기 위함이었다. 좋은 에너지를 받고 하루를 시작하면 웬만한 일은 그냥 넘어가지지 않던가.

이렇게 아슬아슬하기도 한 여행에서 윤활유 역할을 하는 것이 있다. 바로 작은 친절이다. 상대를 배려하는 작은 친절 하나가 마음을 감동시켜 여행을 더욱 즐겁게 만들어주기 때문이다.

인도 불교성지 순례길에서 만난 한 인도인 경찰관이 있었다. 그는 영축산에 파견을 나와 있었는데, 내가 영축산에 갈 때마다 매번 나를 알아보고 뛰어와 인사를 하며 도와줄 일이 없느냐고 물었다. 한번은 부처님이 계시던 향실까지 동행하며 안내를 해주었고, 언젠가는 돈을 달라고 떼 지어 따라오는 아이들을 요령껏 돌려보내 내가 한 시름 덜 수 있게 해주기도 했다. 모두 여덟 번이나 그를 만났는데 나는 그의 이름조차 물어본 적이 없다. 그렇지만 인도에 갈 때마다, 영축산에 가면 그를 만날 수 있을까 하고 기대하곤 했었다.

그런데 2011년부터는 이 경찰관이 보이지 않았다. 이번 여행에서도 마찬가지였다. 전근을 갔는지 나이가 많아 은퇴를 했는지 이유는 알 수는 없지만, 내게 친절을 베풀던 이가 보이지 않아 조금 섭섭했다. 단지 사람 한 명이 빠졌을 뿐인데 무언가 있어야 할 것이 없는 아쉬움이 느껴졌다.

이름도 모르는 그 경찰관은 자그마한 친절로 내게 길이 남을 선명한 기억을 남겼다. 경찰 모자를 쓰고 있던 그의 얼굴이 지금도 눈에 선하다.

나
누
기

일곱 가지 보시

일이 있어 다니다 보면 낯선 사람을 만나 우연히 인사를 받는 수가 있다. 인간관계는 참으로 미묘한 면이 있어 나는 모르지만 상대는 나를 아는 수도 있고, 역으로 나는 아는데 상대는 나를 몰라보는 수도 있다.

지난주 KTX를 타고 서울에서 내려오던 중 모르는 사람으로부터 커피 한 잔을 얻어 마신 일이 있었다. 졸다 깨어 보니 기차는 김천 구미역을 지나 대구 쪽으로 달리고 있었다. 그때 통로를 사이에 두고 앉아 있던 한 여성분이 마침 지나던 판매 승무원에게서 커피를 한 잔 사서는 나에게 드리라 했다. '불교신자인가 보구나.' 하고 생각하며 내가 고맙다고 인사를 했더니 그분 역시 내게 합장을 했다. 커피 한 잔이 대단한 것은 아니지만, 나는 감동스런 고마움을 느꼈다. 그 여성분은 동대구역에서 내리면서도 내게 합장을 하고 "안녕히 가십시오."라고 인사를 했다.

이날 나는 커피 한 잔의 인사 덕분에 하루 종일 고마움을 느꼈다. 이 경우에 나는 그분을 몰랐지만 그분은 나를 알았을 수도 있고, 내가 스님인지라 불자인 그분이 내게 단순한 호의를 베풀었을 수도 있다. 어떤 인연이 계기가 되었든 간에 그분은 내게 친절을 베풀었고 나는 그 친절한 호의를 받았다. 베푸는 마음과 받는 마음이 만나 순수한 감동을 불러일으킨 것이다.

가만히 생각해 보면 사람 사이에 친밀감을 나눌 수 있는 인간관계가 맺어지는 것은 따뜻한 가슴이 있어 사람이 사람을 신뢰할 때 가능해진다. 만약 커피 한 잔을 내게 내미는 따뜻함이 없었다면, 또 그 커피를 보고 아무 의심 없이 받아 마시는 믿음이 없었다면 기차 안에서의 감동은 일어나지 않았으리라.

따뜻한 가슴을 만드는 것에는 여러 가지가 있다. 가벼운 인사말 한마디가 그렇게 할 수도 있고, 웃는 낯으로 지어 보이는 부드러운

표정 하나가 그렇게 할 수도 있다. 『잡보장경』에는 돈 한 푼 들이지
않고도 보시할 수 있는 길이 일곱 가지가 있다고 했다.

온화한 얼굴로 남을 대하는 화안시和顔施

부드러운 말 한마디를 건네는 언사시言辭施

고운 눈매로 상대방을 바라보는 안시眼施

손가락으로 방향을 가리키며 길을 가르쳐주는 지시指施

남에게 자리를 양보하는 좌상시座床施

무거운 짐을 들어주거나 가파른 길에서 수레를 밀어주는 신시身施

우호적인 마음으로 남의 일을 지켜보며 성원하는 심시心施

우리가 이 일곱 가지 보시를 실천하면서 남에게 친절을 베풀면
사람 사이가 더욱 친해지고 가까워질 것이다.